그 겨울 나는 북벽에서 살았다
장옥관 시집

문학동네시인선 036 장옥관
그 겨울 나는 북벽에서 살았다

시인의 말

단 한 번만이라도 틀어쥔 고삐 놓고 말이 이끄는 길 따라
갈 수 있다면. 다다를 수 없는 그곳에서 제대로 한번 실패
할 수 있다면.

부끄럽지만, 이 부끄러움 위에서 더 지독한 부끄러움을
찾아보려 한다.

2013년 봄
장옥관

차례

시인의 말   005

1부

붉은 꽃   012
공중   013
꽃 찢고 열매 나오듯   014
호수   016
눈꺼풀   017
춤   018
고등어가 돌아다닌다   019
죽음이 참 깨끗했다   020
새   021
나사못 박듯 송두리째   022
대추나무 가지에 돌멩이 끼우듯   023
벗을 수 있다는 말   024

2부

거울 앞에서   026

겹벚꽃   027

둥근 돌   028

죽음에 뚫린 구멍   029

마르지 않는 샘   030

누가 보낸 건지 알 수 없지만   031

빵을 뜯다   032

나도 모르게 낳은   033

파리떼   034

혀   035

입술   036

3부

빗소리 038

흐린 날은 039

귀 040

공중변소에서 041

차마 목 조를 수 없어서 042

숨긴다고 숨겨지는 044

향이 탄다 045

휘파람 부는 나무 046

기린 047

낮달 048

어째서 멈칫거리는가 049

참 긴 시간이 050

네가 내게서 피어날 적에 051

고양이 052

북대(北臺) 054

4부

올해는 신묘년(辛卯年),	058
벌써는 나무	060
잉어들	062
뱀	063
가난론	064
손가락	065
쌀자루	066
호떡집에 불이 나서	068
달팽이	070
단지(斷指)	072
영영이라는 말	074
보조개사과	075
벌초	076
탱자는, 탱자가 아닙니다	078
웃음이 파인다	080
꽃눈처럼	081
허브도둑	082

해설 │ 타자의 얼굴, 저 지워지지 않는 고통	085
의 비린내들	
│ 이찬(문학평론가)	

1부

붉은 꽃

거짓말할 때 코를 문지르는 사람이 있다 난생처음 키스를 하고 난 뒤 딸꾹질하는 여학생도 있다

비언어적 누설이다

겹겹 밀봉해도 새어나오는 김치 냄새처럼 숨기려야 숨길 수 없는 것, 몸이 흘리는 말이다

누이가 쑤셔박은 농짝 뒤 어둠, 이사할 때 끌려나온 무명천에 핀 검붉은 꽃

몽정한 아들 팬티를 쪼그리고 앉아 손빨래하는 어머니의 차가운 손등

개꼬리는 맹렬히 흔들리고 있다

핏물 노을 밭에서 흔들리는
수크령

대지가 흘리는 비언어적 누설이다

공중

공중은 어디서부터 공중인가
경계는 목을 최대치로 젖히는 순간 그어진다 실은 어둠이
다 캄캄한 곳이다

나 없었고 나 없을 가늠는 시간
빛이여, 기쁨이여

태양이 공중을 채우는 순간만이 생이 아니다
짧음이여, 빛의 빛이여

그러므로 이 빛은 幻, 환이 늘 공중을 채우고 있는 것이다

그러나 몸 아파 자리에 누워보니
누운 자리가 바로 공중이었다 죽음이 평등이듯 어둠이 평
등이었다

공중으로 바람이 불어오고 구름이 지나간다

빛이 환이듯 구름도 환,
부딪칠 것 없이는 저를 드러낼 수 없는
바람만 채우는 곳
환의 공중이다

꽃 찢고 열매 나오듯

싸락눈이 문풍지를 때리고 있었다

시렁에 매달린 메주가 익어가던 안방 아랫목에는 갓 탯
줄 끊은 동생이 포대기에 싸인 채 고구마처럼 새근거리고
있었다

비릿한 배내옷에 코를 박으며 나는 물었다

—엄마, 나는 어디서 왔나요

웅얼웅얼 말이 나오기 전에 쩡, 쩡 마을 못이 몸 트는 소
리 들려왔다

천년 전에 죽은 내가 물었다

—꽃 찢고 열매 나오듯이 여기 왔나요 사슴 삼킨 사자 아
가리 찢고 나는 여기 왔나요

입술을 채 떼기 전에 마당에 묻어놓은 김장독 배 부푸는
소리 들려왔다

말라붙은 빈 젖을 움켜쥐며 천년 뒤에 태어날 내가 말했다

—얼어붙은 못물이 새를 삼키는 걸 봤어요 메아리가 메아
리를 잡아먹는 소리 나는 들었어요

송골송골 이마에 맺힌 땀방울을 닦으며 미역줄기 같은 어
머니가 말씀하셨다

—애야, 두려워 마라 저 소리는 항아리에 든 아기가 익어
가는 소리란다

휘익, 휘익 호랑지빠귀 그림자가 마당을 뒤덮고 대청 기
둥이 부푼 배 안고 식은땀 흘리던 그 동짓밤

썰물이 빠져나간 어머니의 음문으로

묵은 밤을 찢은
새해의 빛살이 비쳐들고 있었다

호수

그 귀는 수평이다 너무 큰 귓바퀴다

뭉쳐졌다 풀리는 구름의 뒤척임을 듣는다 여뀌풀씨 터지는 소리를 삼킨다 미끄러지는 물뱀의 간지럼도 새긴다

소리의 무덤이다 콩죽 끓듯 빠져드는 빗방울 깨물며 소리를 쟁인다 소리가 동심원을 그리며 번져나가는 걸 본다 잎새들 입술 비비는 소리가 나이테를 그리듯

모로 누워 베개에 귀 붙이면 부스럭부스럭 뒤척이는 소리 쉰 해 동안 내 몸으로 빠져든 온갖 소리들 속삭이는 소리 숨 몰아쉬는 소리 울부짖는 소리 숨죽여 우는 소리……

들여다보면 소리들 삭아 부글거리는 검은 뻘

호수가 얼음 문 닫아걸듯 나 적막에 들면, 빠져든 소리들은 다 어디로 새어나갈까 받아먹은 소리 다 내뱉으면 그게 죽음일까 들이마신 첫 숨 마지막으로 길게 내뱉듯이

016

눈꺼풀

어머니 눈에는 눈꺼풀이 없었다
수마를 쫓기 위해 눈꺼풀을 쥐어뜯은 달마는 아니지만 잠들어도 눈을 감지 않는
어머니 눈에는 눈꺼풀이 없었다
늦은 밤 홀로 밀린 숙제를 하다 돌아보면
눈꺼풀 없이 잠든 눈이 어린 장남을 빤히 쳐다보았다 일찍 과부가 된 삶은
눈꺼풀이 없는 눈
눈꺼풀 없는 눈이라고 눈물조차 없진 않았을 터
눈물이 눈꺼풀을 달아주었다
코밑이 꺼매질 무렵에는 졸음 묻은 교과서에도 만화책에도 수음하는 손바닥에도
천수관음의 눈이 박혀 있었다
눈꺼풀 없는 어머니
갑자기 눈을 감으셨다 눈꺼풀이 없는 어머니 눈에 흙이 들어갔다 눈꺼풀 없는 눈을 어머니, 내 어린 미간에다 심어놓고 가셨다
삼족오의 다리처럼
눈이 셋인 나는 이윽고 거울이 되었다
그러다가 문득
거울에 비친 하늘을 보았다
눈꺼풀이 없었다

춤

흰 비닐봉지 하나
담벼락에 달라붙어 춤추고 있다
죽었는가 하면 살아나고
떠올랐는가 싶으면 가라앉는다
사람에게서 떨어져나온 그림자가 따로
춤추는 것 같다
제 그림자도 제대로 챙기지 못하는 그것이
지금 춤추고 있다 죽도록 얻어맞고
엎어져 있다가 히히 고개 드는 바보
허공에 힘껏 내지르는 발길질 같다
저 혼자서는 저를 드러낼 수 없는
공기가 춤을 추는 것이다
소리가 있어야 드러나는 한숨처럼
돌이 있어야 물살 만드는 시냇물처럼
몸 없는 것들이 서로 기대어
춤추는 것이다
시도 때도 없이 찾아와 나를 할퀴는
사랑이여 불안이여
오, 내 머릿속
헛것의 춤

고등어가 돌아다닌다

고등어가 공기 속을 유유히 돌아다닌다
부엌에서 굽다가 태운 고등어가
몸을 부풀려
공기의 길을 따라 온 집 구석구석을 돌아다닌다
반갑지도 않은데 불쑥 손목부터 잡는
모주꾼 동창처럼
내 코를 만나 달라붙는다 미끌미끌한
미역줄기 소금기 머금은 물살이 문득 만져진다
고등어가 바다를 데리고 온 것이다
이 공기 속에는
얼마나 많은 죽음이 숨겨져 있는가
화장장 굴뚝에서 뿜어져 나오는
이름과 이름들
황사바람에 섞여 있는 모래와 뼛가루처럼
어딘가에 스며 있는 땀내와 정액,
비명과 신음
내 코는 고등어를 따라
모든 부재를 만난다
부재가 죽음 속에서 머물고픈 모양이다

죽음이 참 깨끗했다

죽은 매미를 주웠다
죽음이 참 깨끗했다 소리만 없을 뿐 그 모습 그대로 고스
란했다 얼마나 머물다 간 걸까 내 귓바퀴 속

소리의 무덤을 만들고 사라진
찰나를 향한 여백뿐인 삶
그래서 그 가파른 울음소리, 짝퉁 비아그라 사서 박카스
아줌마 만나는 노인들처럼 갈급했던 걸까 돌아보니
벚나무 둥치에 소복하게 달라붙은 허물들
벗어놓은 몸이 고스란하다

그 아래 배터리 다 된 시계처럼
초침 멎은 검은 시간들

우듬지엔 아직도 푸른 불길 치솟는 울음소리
저 울음 그치면 울던 그 자세 그대로 툭 굴러떨어질 것이
다 플러그 뽑은 티브이처럼 깨끗한 죽음
무밭에 서리 내리듯 녀석의 성(性)은 사그라질 게다

여운도 없이 여음도 없이 칼로 벤 자리
나도 따라 바라본다
녀석이 마지막 눈길 던졌던 그곳을

020

새

손버릇 나쁜 아이처럼 까치가 딴전부리며 힐끔거린다

가까이 다가가도 잔걸음으로만 움직일 뿐

기름 자르르 흐르는 검은 정장에 흰색 보타이 매고 저놈이

왜 저러는 걸까 이 이른 아침 콜라텍을 가려는 건지,

둘러보니 토사물

간밤의 취객이 게워놓은 벌건 거품 밥알들 혹시라도 빼

앗길까봐

푸줏간 앞 개처럼 자릴 뜨지 못하는 것이다

누군가의 배 속에서 반쯤 삭혀진 저 밥알, 그 힘으로 새는

날아오를 것이다

땅을 디디던 두 발 몸속에 감추고

하늘로 떠오를 것이다

게거품 게우듯 흰 꽃 뱉어내는 쥐똥나무의 오월도

덩달아 환한 햇빛 속

나사못 박듯 송두리째

강변에 줄지어 선 미루나무
언젠가 도색잡지에서 본 무성한 음모처럼
빽빽한 잎 달고 휘청휘청
온몸을 흔들고 있다 십자드라이버 돌리듯
흔들릴 때마다 한 뼘씩
거꾸로 땅에 박히는 것 같다
하지만 그것은 펌프질
지맥 속 흐르는 물을 곧추세워 우듬지까지
보내기 위한 움직임인 것
바닥에 남은 포도주스를 스트로로 빨아당기듯
세차게 빠는 동작이다
그래서일까 포르노 테이프의 저 벌거벗은 사람
서로 몸 끼워넣고
한사코 펌프질이다 나사못 박듯 송두리째
저를 쑤셔 박고 몸속에 고인 물
한 방울도 남기지 않고
빨아당기려는 듯
시궁창 곁 봄풀이 유난히 짙푸르듯이
두두룩한 불두덩 털이 더 기름지고 무성한
까닭은 시도 때도 없이 퍼올리는
펌프질 때문이다
아무리 구경 큰 소방호스로 쏘아대도
저 초록 불길은 끌 수가 없다

대추나무 가지에 돌멩이 끼우듯

철물점 지나다 보니 자물쇠들이 주렁주렁 걸려 있네 발정
난 황소 부어오른 불알처럼
축 늘어져 있네

입으로 철 고리 물고 아랫도리론 열쇠를 물고 있네
점포 주인은 어디로 갔나 가느다란 못대가리에 길게 빼
문 혀 걸어놓고

음부가 열쇠를 물고 있는 동안
자물쇠는 입이 다물어지지 않네 어릴 적 소출 없는 대추
나무 가지에 굵은 돌멩이 끼우듯
나도 네 가랑이에 거멀못 박으리라

네 몸에 딱 맞는 열쇠 들고
환(丸)으로 환을 쑤셔 환하게 밝혀보리라 쑥부쟁이 엉클
어진 덤불에
속곳 벗은 어둠이 덮쳐올 때까지

벗을 수 있다는 말
— 영화 〈아이 엠 러브〉

맨몸의 보름달을 어루만지며 여자가 말했다 당신이 원한
다면 난 다 벗을 수 있어 하지만 벗는다는 말은 머리가 하는
말 몸은 그냥 벗는다 적나라하게 벗는다

아기 낳을 때 속옷 벗듯이 사랑 나눌 때 반지 빼고 목걸이
풀듯이 교복 입은 아이들 뛰어내릴 때 구두를 벗어두듯 생
이 생을 마주할 땐 몸이 말을 벗는다

아들 친구와 몸을 섞은 여자 그것은 불륜도 통속도 운명
도 아닌 것 우연히 혀 위에 얹힌 어릴 적 그 맛처럼 단순한
말, 핫라인의 말씀이다

틀어놓은 수돗물처럼 넘치는 사랑으로 애완견 발바닥에
덧버선 씌우는 이여 악어표 고무장갑 끼고 애인의 유두를
간질이는 그대여 다시는 못 볼 올해의 복사꽃들이여

하지만 우리 두 손으로 말아쥔 속옷 한사코 내릴 수 없으
니 침으로 진흙 개어 눈에 바르고* 가던 길 그대로 다시 갈
수밖에 없으리니

* 요한복음 9장 6절.

024

2부

거울 앞에서

네 눈은 끝을 모르는 아득한 깊이
무명실 실타래를 풀어도 닿지
못할 어둠 까마득한 깊이 속으로
나는 자꾸 빠져든다 가문 강에 피라미
뛰듯 뛰는 네 맥박, 끼니마다 고봉밥
미어지게 떠 넣어도 미동도 없고
그 수면 아래엔 무엇이 살까 내 속에는
네가 닿을 수 없는 어둠이 있고
떠먹여주어도 받아먹을 입이 없고
먼산바라기 네 눈빛 껴안고 싶어도
내겐 두 팔이 없고

겹벚꽃

    판판마다 나눠줬다 거둬들이는 화투패처럼 하늘은 하루 종일 때묻은 이불 폈다가 다시 거둬들이고 가지마다 솜꽃 휘어지게 피웠다 때 되면 남김없이 거둬들인다 하늘의 슬하 (膝下)인가, 겹겹 꽃잎 펼쳐졌다 거둬진 자리는 물 씻은 듯 깨끗하고 똥오줌 고름이 담겨도 비워내면 말끔한 거울이듯 생각, 생각 오만 생각은 물집처럼 부풀었다 스러지고 하지 만 투명 유리창에 발라놓은 코팅지의 저 하늘은 지금 곧 쏟 아질 듯 무겁게 내려앉은 먹장구름이다

둥근 돌

　백담계곡에서 안고 온 둥근 돌 하나 욕조에 담가놓고 들여다보니 큰아이 태어난 지 사흘 만에 데려와 눕혀놓았을 때가 생각난다 딸아, 딸아 넌 어디서 왔니? 둥근 그곳에 보름달이 들어 있나 불덩이가 들어 있나 손바닥으로 쓰다듬는 아랫배의 비밀이 궁금하기만 한데 돌 하나 업어온 날 밤에는 나 모르게 태어난 아이와 태어나지 못한 아이가 손잡고 걸어와 내 집 대문을 두드릴 것만 같다 먼 은하의 별에서 발 부르트도록 걸어와 내 얼굴 들여다보며 검은 눈물 닦아줄 것만 같다

죽음에 뚫린 구멍

벌초 간 어머니 묘에 커다랗게 구멍이 뚫려 있다 검게 아
가리 벌린 그 구멍은 죽음에 뚫은 문, 산토끼의 집이다 하
필이면 왜 그곳에 제 집을 판 것일까 젖가슴처럼 봉곳한 봉
분을 파고들며 토끼는 아쩔하게 검은 젖을 빨았을까 구멍을
드나든다고 죽음이 달라지는 건 아니겠지만, 우리 어머니
다시 돌아오시는 건 더욱 아니겠지만, 죽음과 삶이 한통속,
바람벽에 달아놓은 거울처럼 구멍이 갑자기 환하다 입구에
는 누군가 기다리다 돌아간 듯 잔디가 동그랗게 눌려 있다

마르지 않는 샘

거울을 보고 섬뜩 놀라는 사람 있다면 하루 한 번 똥 쏟아내듯 죄를 뱉어낼 수 있는 사람들이다 고해소가 거울이자 변소인 셈이다 수천 년 바래고 바랜 거울에 비워내고 비워내도 고이는 것이 죄여서 낡은 거울은 마르지 않는 샘이다 샘이 똥이고 똥이 거울이다 변기 위에 앉은 사람의 표정이 늘 심각할 수밖에 없고, 그 표정 위에 부르르 진저리를 더하는 까닭은 맑은 거울 속에 뱉어놓은 저 자신을 꼼짝없이 들여다봐야 하기 때문이다

누가 보낸 건지 알 수 없지만

굵은 돌이 가랑이를 가르고 쑥 들어오는 순간 나무는 움
찔 허리 뒤틀었다네 맷돌에 박힌 어처구니처럼 돌과 나무는
아귀 잘 맞는 짝패였네 대추나무 감창소리 메밀가루처럼 쏟
아지고 어젯밤 기어코 벼락까지 불러들였다네 불탄 가지에
는 꽃별이 돋았네 누가 보낸 건지 알 수 없지만 억센 가시
들 창검으로 지켜주었네 빛이 없어도 별은 환하고 환한 대
낮에도 허기는 어두웠네 그 허기 누가 보낸 건지 알 수 없지
만 별꽃이 씨앗을 지켜주었네 돌멩이 품어 단단해진 그 벼
락무늬 대추씨

빵을 뜯다

　팔뚝 같은 바게트 빵을 뜯어먹다가 사바나 아카시아나무
아래 누를 찢던 털 꾀죄죄한 늙은 사자가 생각났다 목덜미
물린 채 비명도 없이 껌뻑거리던 희고 검은 누의 눈망울, 그
처럼 지금 뜯고 있는 이 빵은 누구의 살점인가 지나가는 구
름 낚아채 뜯어먹는 미루나무의 허기인가 수천 년 제 몸 뜯
어 나눠 먹이는 포도나무 살점인가 굵고 긴 바게트 빵을 씹
다보면 내가 내 팔뚝 뜯어먹는 것 같아 암사마귀에 머리 뜯
기는 수사마귀 몸통으로 생각나느니 밟아도 밟아도 다시 떠
오르는 비닐봉지처럼 떠나지 않는 생각, 생각이여

나도 모르게 낳은

　내 몸에 내 몸 아닌 게 처음 들어온 날을 기억하느니 나도 모르게 낳은 아이가 나도 모르는 곳에서 자라 어느 날 같이 살겠다고 찾아오듯 내밀한 내 몸속으로 그것이 거멀못처럼 들어박혀 부르르 진저리치더니 어느새 내 살이 되고 뼈다귀가 되고, 그런데 이것은 또 무슨 조화인가 입속 살 태우는 역한 냄새 훗날 화장터 불구덩이에서 만날 나를 만나는 이 순간, 나도 모르게 낳은 죽음이 어느 날 불쑥 찾아와 함께 살자 칭얼대고

파리떼

　굵은 팥알 뿌려놓은 듯 새까맣게 달라붙어 있다 어물전 좌판 거둬진 자리 왕파리떼 보도블록을 더듬고 있다 아교풀 발라놓은 듯 집요한 허기 손뼉 치고 발 굴러도 떨어질 줄 모른다 검은 비로드 걸치고 LED투광기 같은 겹눈으로 한 페이지 한 페이지 훑어보지만 감질나는 비린내뿐 한 자 한 자 철필로 베끼며 책 속에 생애를 빠뜨리는 검은 옷의 수사(修士)들, 배고프면 먹을 일이지 흰 종이에 〔포도주, 고기, 빵〕이라고 써넣고는 그 종이를 먹는 한심한 영혼*이 보도블록에 찍힌 검은 방점을 헤아려보고 있다

* 니코스 카잔차키스, 『영혼의 자서전』.

혀

혀와 혀가 얽힌다
혀와 혀를 비집고 말들이 수줍게
삐져나온다
접시 위 한 점 두 점 혀가 사라져가면
말은 점점 뜨거워진다
말들이 휘발되어 공중에 돌아다닌다
장대비가 되어 쏟아진다
그렇게 많은 말들 갇혀 있을 줄 몰랐던
혀가 놀라며 혀를 씹으며
솟구치는 말들 애써 틀어막으며
그래도 기어코 나오려는
말들 또 비틀어 쏟아낸다
혀가 가둬놓았던 말들, 저수지에 갇혀 있던
말들이 치밀어올라
방류된다 평생 되새김질만 하던 혀는
갇혀 있던 말들을 들개들이 쏘다니는
초원에 풀어놓는다

입술

두 장의 나비 날개 비로드 같은 붓꽃 이파리 새빨간 피 머금은 통통한 찰거머리 썰면 두 접시는 너끈할 것 같은 천엽 컴컴한 구멍을 감싸는 두 장의 검붉은 꽃잎

하수구에 떨어진 벌건 햇덩이처럼, 혼곤한 꿀샘에 고개 처박은 나비 주둥이처럼 한번 달라붙으면 도무지 떨어지지 않는, 씹어도 씹어도 물리지 않는, 살강살강 씹히는 육질 좋은 내 생각은

3부

빗소리

비 오시는데……

빗소리는 하염없이 쌓이고
또 쌓이는데

기차도 버스도 타지 않고
어떻게 찾아왔을까, 저 빗소리

몸도 없이
무작정 안기기부터 하는 바람처럼

빗소리……

제 자식 내팽개치고 도망가는 어미처럼

소리는 풀죽은, 겁먹은 비를
지상에 서둘러 부려놓고

흐린 날은

멀기 때문에 볼 수 있는 건 아니다
가깝기 때문에 볼 수 없는 것들

마구 쏟아져 들어오는 풍경 때문에
보이지 않던 먼지 낀 방충망

도무지 참을 수 없는 눈 허기 때문에
놓쳤던 안경알의 지문

흐린 날은 잘 보인다
너무 밝아서 보이지 않던 것들

그 행복했던 날 쏟았던 식탁보의 찻물 얼룩이나
자잔한 확신들이 놓친 사물의 뒷모습

흐린 날 눈 감으면 비로소 보인다

만지면 푸석, 흙먼지 피우며 으스러질
어제의 내 얼굴조차

귀

젖은 티슈 한 통 다 말아내도록
속수무책 가라앉는 몸을 번갈아 눌러대던 인턴들도 마침
내 손들고
산소호흡기를 떼어내려는 순간,

스무 살 막내 동생이 제 누나 손잡고
속삭였다

"누나, 사랑해!"

사랑이라는 말,
메아리쳐 어디에 닿았던 것일까
식은 몸이 움찔,
믿기지 않아 한 번 더 속삭이니 계기판 파란 눈금이 불쑥
솟구친다

죽었는데,
시트를 끌어당겨 덮으려는데,
파란 눈금이 새파랗게 다시 치솟는 것이다

공중변소에서

흰 사기에 오줌 쏟으며 보니
눈앞에 달린 작은 그물망

쓰임새 사라진 생식기처럼 쭈그러든 그것은
나프탈렌을 담았던 망

그 굵고 딱딱하던 그것이
무슨 수로 여길 빠져나갔을까

제 몸에 붙었던 장미문양 상표 달랑 남겨두고
도대체 어디로 사라진 것일까
있기는 있었던 걸까

시든 비뇨기 움켜쥐고
마지막 방울 탈탈 털며 바라보니

서쪽 하늘에 불붙어 타들어가는
퀭한 눈동자 하나

차마 목 조를 수 없어서

병아리 울음 돌아다닌다
발 달린 울음소리 온 집을 헤집고 돌아다닌다 어미 잃은
세 살 아이처럼 이 방 저 방 돌아다닌다

간절하고 다급하게 깜빡이는 소리
배고파 우는 소리

견디다 못해 두꺼운 방석으로 덮어보고 베란다 헌옷 더미
에 숨겨봐도 그치질 않는다

누가 날 부르는 것일까
스무 살 조카 숨 떨어지기 전까지 깜빡이던 모니터 불빛
같기도 하고
혼자 사는 단골 밥집 여자 방바닥에 흘린 제 몸의 피 쓰윽
닦아내던 손길 같기도 하고

누가 사준 것인지 이제는 생각조차 나지 않는 낡은 무선전
화기 들을 수는 있어도 말할 수 없는 전화기

차마 목 조를 수 없어서 저 혼자 숨 거둘 때까지 기다리다
보니 부끄러운 일들 잘못한 일들
온갖 일들 다 떠올라
드라이버 들고 나사 풀다보니 문득,

오빠, 오백만 원만 구해 보내줘 제발 이 섬에서 날 구해줘
다급히 끊은 전화기
  울부짖는 파도 소리 바람 소리

  웅, 웅 아직도 숨통 끊어지지 않는
  나직한 울음소리

숨긴다고 숨겨지는

앞서 가는 아내의 머리칼을 바람이 와 헤집고 간다 물기 머금은 바람이 굴참나무 이파리를 허옇게 뒤집어놓듯이……
짐짓 못 본 척해보지만 피할 도리가 없다

백발의 아내를 생각조차 해본 적이 없다 예순이 다 된 아내의 머리가 늘 검을 순 없겠지만,
곱다시 받아들여야 할 순간도 없지 않았다

아내의 저 허연 억새는 민둥산에서 다시 돋아난 것이다
어느 날 시동 걸어놓고 병원 갈 아내를 기다리는데 하늘에서 새 한 마리 차창에 툭, 떨어져 튕겨나갔다
눈썹 없는 새였다 유리에 찔끔 피가 묻었다

돌아보면 어이없는 일들도 적지 않았다

그런데 아내는 왜 백발을 한사코 숨기려 할까 제 깃 뽑아 비단을 짰다는 황새처럼 왜 염색하는 모습을 보여주지 않으려는 걸까
그래서 숨긴다고 숨겨지는 것일까

향이 탄다

향이 탄다 불길 고요히 스며든다
티슈에 물 스미듯 스며드는 불길 제 몸 낱낱이 핥아가
는 동안 뜨거웠을까 캄캄했을까 손톱이 머리카락이 살점
이 타고
뼈가 녹을 때까지

분향실 모니터 불길
하얗게 고스란히 폭삭 주저앉아 엄마는 흰 나비가 되고

영혼이 빠져나간 몸처럼 향기가 빠져나간 향은 국수 가락
같은 몸만 바꾸었을 뿐
목 잘린 채 흰 국화꽃들
휘둥그레,
눈 뜬 채 시멘트 바닥에 나뒹굴고

이쪽에서 저쪽으로 건너가기 위해선 단 한 걸음도 빼먹
을 순 없는 것
생은 고스란히 견뎌야 하리
향이 이윽고 재를 받아안을 때까지

휘파람 부는 나무

케냐의 소들은 목덜미에 혹을 달고 있었다
지독한 건기를 견디기 위해서라고 했다

나무들은 혹 대신 가시를 매달고 있었다
내가 본 마사이 마라의 나무들은 모두 아카시아였다
어떤 아카시아는 휘파람을 불 줄 알았다 사람들이 다 자
는 오밤중에 홀로 휘파람 부는 나무
마른 가시로 가시를 딱딱 부딪치며
휘파람 부는 나무

새 엄마가 들어오는 날
아홉 살 사촌 형은 우리집 무화과나무 아래서 종일 휘파
람을 불었다 열매를 혹으로 매단 나무가 넓은 손바닥으로
어루만져주었다
작은아버지의 혹을 어루만져주었다

혹독한 건기, 휘파람이
견뎌야 할 나날을 어루만져주었다

기린

1

말라붙은 호수 위를 누떼가 걸어간다 마사이 마라의 건기, 비쩍 마른 소떼 옆에서 온종일 제 자지나 들여다보는 사내들을 두고 한 동이 물을 얻기 위해 여인들은 하루에 사십리를 오고 간다 음핵이 잘린 날부터 이고 다니던 소가죽 물통 물이 차오르듯 점점 길어지는 목, 겅중겅중 걸어가는 보폭이 기린 같다 긴 목이 위태롭게 출렁거린다 어디서 나타난 치타 한 마리 풀쩍 뛰어올라 목을 물어뜯는다 기린은 순순히 제 목을 내어준다, 당연한 일이라는 듯

2

종일 일에 시달리다 돌아와선 밥솥부터 열어보는 아내들 소파에 길게 누워 저물도록 본 신문 다시 뒤적이던 사내 하나, 변기통 요란하게 오줌 눈 뒤 노란방울 묻은 손으로 아내의 젖통을 움켜쥔다

눈자위 움푹 꺼진 하늘이 내려다보고 있다

낮달

재취 간 엄마 찾아간 철없는 딸처럼, 시누이 몰래 지전 쥐
어주고 콧물 닦아주는 어미처럼
나와서는 안 되는 대낮에
물끄러미 떠 있다
떠올라서는 안 되는 얼굴이, 밝아서 보이지 않는 얼굴이,
있어도 없는 듯 지워져야 할
얼굴이 떠 있다
화장 지워진 채, 마스카라가 번진 채
여우비 그친 하늘에
성긴 눈썹처럼, 종일 달인 국솥에
삐죽이 솟은 흰 뼈처럼

어째서 멈칫거리는가

회식하다 말고 쫓아온 응급병동
녹슨 철제 침상 곁에 붙어 싸늘히 식어가는 발 주무르다 본
칠 벗겨진 페디큐어

다급하게 벗긴 미키마우스 분홍 양말 바닥에 뒹굴고……
그런데 왜 갑자기 낯설어지는 것인가

하이힐 신던 뒤꿈치 생생하게 만져지는데
조금 전까지 달려 있던 산소마스크 주삿바늘 단지 거두기만 했는데
어째서 내 손은 자꾸 멈칫거리는가

네 뺨에 서린 분홍빛 채 가시지 않았는데
어째서 나도 모르게 섬뜩해지는가

참 긴 시간이

1

킬리만자로 산록의 암보셀리 평원에서
한 떼의 코끼리를 만났다
코가 유난히 길었다 아마 긴 시간이 잡아당겼으리라 그
긴 시간 동안
몸집도 부풀렸을 것이리라 공포가 몸집을 키운 것이리라
빠른 발 대신 큰 몸집을 선택한 것이리라
슬픈 몸집 탓으로 그들은
쉼 없이 먹고 또 먹어야 했다

2

코끼리는 똥도 무지 컸다 냄새를 맡아보았다 풀냄새가 났
다 포슬포슬했다
입으로 들어간 풀이 몸을 통과해 다시 밖으로 나온 것이
다 녀석이 가져간 것은 아무것도 없었다
시작을 모르는 바람이 녀석을 어루만지고
어디론가 사라졌다 긴 호흡, 발아래 놓인 검은 돌을 들었
다가
제자리에 가만히 내려놓았다

참 긴 시간이 흘렀다

네가 내게서 피어날 적에

어디서 피어오르는가

물안개 물에서 피어나고 메아리 첩첩 산에서 울려퍼지듯

사랑은 어디서 피어오르는가

몸도 아니고 마음도 아닌 곳에서

눈물이 흘러나오듯

너 없이도 혼자 피어오르는 것이

또한 사랑이어서

저 혼자 삭고 삭혀서 술이 되어 노래가 되어 입술을 적

시니

오늘 나 옛 노래의 청라언덕*에 올라

대지에서 피어나는 흰 나리처럼

내가 네게서 피어날 적에, 네게서 내가 피는 것이 아니라

네가 내게서 피어오르는

기적을 만나느니

가지 꺾고 뿌리까지 파봐도

꽃잎 한 장 없는 나무에 봄마다 환장하게 매달리는

저 꽃들, 꽃들

* 대구시 중구 동산동에 있는 청라언덕은 박태준의 가곡 〈동무 생
각〉의 배경이 되는 곳이다. 청라(靑蘿)는 푸른 담쟁이를 뜻하는데,
박태준은 학창시절 언덕 위 선교사 사택에 뒤덮인 담쟁이 그늘에서
마주쳤던 백합화 같은 여학생을 평생 잊지 못했다고 한다. "네가 내
게서 피어날 적에"란 구절은 〈동무 생각〉에서 빌렸다.

고양이

손가락으로 높이를 가리켰다
내 키를 뛰어넘은 높이에 새겨진 선명한 발톱 자국
베란다 문짝을 긁고 유리창에 머리 부딪치며 밤새 울부짖
었던 몸부림을 보여주었다

뻗대는 딸아이 겨우 달래 떠맡긴 고양이
하루 만에 찾아 돌아오는 길
뒷좌석 가방에 든 고양이가, 한 살밖에 안 된 어린 고양이
가 오랜 침묵 끝에
순한 울음으로 이야옹…… 소리를 냈을 때
아내와 나는 마침내 나쁜 사람이 되고 말았다

맡을 사람 다시 수소문해 가방째 던져주고 돌아오는 청
도 들판
코스모스 꽃포기에 밀린 오줌 밀어내다가
문득 든 생각,
그것이 갈애(渴愛)의 높이였음을

안기고 싶다고, 팔뚝에 매달려 잠들고 싶다고, 제발 문 좀
열어달라고
제 키의 열 길을 뛰어오른
간절함의 높이
보일러 뜨겁게 돌아가는 방 바깥에서 밤새 울부짖었을 추

위처럼,
　안에서는 결코 알 수 없는
　그 시리디시린 외로움의 깊이였음을

북대(北臺)*

  그 겨울 나는 북벽에서 살았다
  얼어붙은 북극 바다를 깨고 나가는 쇄빙선처럼 깎아지른
바위에 얼굴을 묻고 살았다
  밤마다 산돼지 울음소리 깊은 골짜기를 달리고
  손마디 꺾으면 뒷산 상수리나무 굵은 가지가 툭, 툭, 부
러졌다
  잔등에 내리는 싸락눈을 맞으며
  여물 씹는 늙은 소
  긴 속눈썹에 맺히던 물방울

  두터운 외투를 입고 밤은 서둘러 산을 내려오고 며칠째 내
리는 폭설에 마을은 갇혀
  손발 없는 전봇대만 끊어진 길을 이어냈다
  발진처럼 부풀어오른 청춘은 가려움만 더해 종이 위 활자
는 절뚝거리며 무릎을 꿇었고
  얼어붙은 잉크병을 가스라이터로 녹일 때
  파란 불꽃이 너인가도 했다

  정신은 더욱 맑아져 온몸 뼈마디 관절마다 찬 샘물이 솟
았고 허기 견디다 못해
  고드름을 잘라 어둠 깨트리면 이윽고
  여명이 핏물처럼 번져나왔지
  절벽으로 기어코 기어오른 자작나무, 그가 움켜쥔 북벽의

화강암을 쇄빙선처럼 이마로 깨며 나는
바위의 황홀한 가족이 되고 싶었다

* 오대산 다섯 고봉 중 북쪽 봉오리. 김도연 작가의 소설 「북대」에
서 운(韻)을 얻었다.

4부

올해는 신묘년(辛卯年),

올해는 신묘년(辛卯年), 토끼해다
토끼는 귀 길쭉하고 입술이 찢어졌다 몸 둥글고 눈알이 빨
갛다 눈알은 왜 빨갈까, 간이 뜨거워 그런 걸까

교각처럼 튼튼하던 코끼리가 갑자기 총무직 내놓고 사라
졌다 'A형이나 O형 토끼 간을 구하러 갑니다' 단체 메일 띄
워놓고……
농담으로 봉해놓은 검붉은 피비린내

내 시집에 해설 써준 양헌이는 토끼 간을 못 구해 죽었다
좀더 살아도 되는데 살아야 했는데……
그는 복숭아밭에 가서 누웠다

그가 묻힌 곳 타오르는 천리 불꽃
토끼 간을 구해 가지마다 걸어두리라 싱싱한 간을 먹은 나
무는 붉고 굵은 열매 뱉으리라

하지만 토끼의 간을 어디에서 구하지? 여기가 용궁도 아
니고 심부름할 별주부도 없는데……

도대체 가긴 어디로 간단 말인가
머리카락 한 올이라도 제 손으로 희거나 검게 할 수 없으
면서,* 빛 한 오리 들어올 리 없는

이 캄캄한 토끼 배 속에서

벌서는 나무

몇 차례 태풍 지나가고 난 뒤
아파트 주차장 옆 덩치 큰 히말라야시다는
팔이 몽땅 잘리고 말았다
명예퇴직 당한 뒤 직장암에 걸려
항문 대신 옆구리에 호스 단 이웃집 은행원처럼
기형이 되고 말았다

팔이 잘린 나무는 오로지 수직으로만 자랐다
오랜 습성인 수평을 버리고
일제히 팔을 뻗어올렸다
몇 올 남지 않은 거웃 닮은 성긴 침엽
감춰야 할 겨드랑이 드러내고
바리캉 뜯어먹은 머리 위로 팔을 뻗어올렸다

스무 평 임대아파트 화장실에서 본
친구 부인의 속옷처럼 민망한, 그러나 다시 보니
나무는 지금 벌서고 있다
함부로 수평을 펼치려 한 죄
인간의 마을에서 함부로 자연을 꿈꿨던 죄

열두 살 소년이 휘두르는 채찍이 무서워
코 박고 끌려가는 코끼리같이
저 나무는 지금 목숨을 구걸하고 있다

옆구리에 삐져나오는 누런 송진 달고
수술 자국 핏물 비치는 서쪽으로 끌려가고 있다

잉어들

목탁이 잉어가 되었다는 말이 있다

수마 이기기 위해 눈꺼풀 떼어냈다는 달마의 고사도 있지만 잉어의 눈은 실로 동그랗고 또렷하다

시인 엄원태가 말하길,
깊은 물 수압 견디며 가부좌 튼 품새
고요히 유지할 줄 아는 은둔자가 잉어들이라고
하지만 잉어가 깊은 물에 산다는 건
믿을 수 없는 말

분당 탄천 잉어는 얕은 물에 알 낳으러 왔다가
아예 눌러앉아 산다는데
부자들만 산다는 분당의 잉어는 크기가 사람 허벅지만하다는데
노름하고 룸살롱도 가는 그곳 스님들은
졸음 달라붙는 눈꺼풀 떼어내려 쌍꺼풀 수술도 한단다

날이 갈수록 몸집 커지는 잉어 때문에 탄천이 엄청 붐빈다는데, 그러거나 말거나 나 알 바 없지만
잉어가 하필 허벅지만하다는 말,
캔디안마 미스 김 허벅지가 머릿속에 들어와 자꾸만 붐비니
이를 어쩌지, 어쩔 거냐고?

뱀

몸통 한복판을 바퀴가 지나갔다 순간
아스팔트 검은 길이 꿈틀거렸다

암전(暗電),

피가 튀고 살점 찢어졌다
비명, 자지러지게 울려퍼졌다

내장이 툭툭 불거진 두 동강난 몸통

뱀은, 뱀 아가리는
짓이겨진 몸에 달라붙어 소리를 질러댔다

하도 조용해서 먹먹한 외마디로
나를 얼어붙게 만들었다

입 없는 입속에서 붉은 꽃잎
느리게 느리게 게워지고 있었다

가난론

1

놋그릇 질그릇 따위
그릇에도 계급이 있다는 걸 코펠에 라면 끓이며 알았지 퍼
진 면발 건지다 우연히 부딪친 젓가락 소리

탱……도 아니고 땡……도 아닌 택,

여운 없는 홑겹 소리는
비키니 옷장처럼 얇아도 너무 얇았다

2

하찮은 일에도 벌컥벌컥 화를 잘 냈던 종형은 평생 하루
벌어 하루를 먹고살았다 여유가 없었다
쌓아둘 자리가 없어서 뱉어내야 했을까
그 속은 걱정거리로 늘 가득했을 것이니 얼마나 무거웠으
랴, 저를 짓누르는 무게
대물림한 가난, 벗어날 수 없는 계급의 무게
다 짊어졌기에 무거웠던 것

하지만 흔들리지 않겠다
날려가지 않겠다 오, 저 바닥의 삶

손가락

며칠째 손가락 하나가 펴지지도 굽혀지지도 않는다
의사는 말했다 달리 방법이 없으니 죽을 때까지 그냥 써
보시란다 이게 무슨 숟가락인가 포크인가
그냥 써보라니……
게다가 죽을 때까지라고? 언제 내가 죽는가
모래톱에 구운 밤 닷 되 심고 그 밤에 움이 돋아 싹이 나
와야 내가 죽는가 옥으로 새긴 연꽃을 바위에 접붙여 삼동
에 꽃을 피워야* 내가 죽는가

죽어 이미 여기에 없는 친구도 없지 않아서
아라비아 어딘가에서 거칠게 쫓기다가 말기암 얻어 돌아
온 친구를, 장만해놓은 집 한 칸 없어 처가에서 숨 고르고
있던 친구를, 불러내고는 더는 해줄 말이 없어
손마디나 뚝뚝 꺾고 앉았을 때
등꽃 향기는 얼마나 수다스러웠던가
올해 지고 다시 올 수 없는 보랏빛에 눈시울 붉어졌던가,
아니었던가

내 것이되 내 맘대로 할 수 없는 것 분명 있어
펴지지도 굽혀지지도 않는 손가락으로 짚어본다, 굳은 생
의 마디를

* 정석가(鄭石歌).

065

쌀자루

쌀자루가 현관에 무겁게 앉아 있다

지난가을 허씨가 소작료로 두 가마 부쳐온 것이다 한 가마는 동생들 주고 반 가마는 처가에 나눠줄 셈이다

쌀이 나온 논을 떠올려본다

아버지의 아버지, 먼먼 아버지 때부터 있어온 서 마지기 논, 소년가장 되어 봉지 쌀 사면서도 팔 수 없었던 논

그 논의 가랑이가 쏟아낸 쌀의 양을 짐작해본다

쌀이란 도대체 무언가

경상도 남자인 나의 발음은 쌀이 곧 살이다 허긴 쌀은 논을 물려준 아버지의 살이기도 하다

아니다, 이것은 너무 진부한 생각

쌀을 새삼 떠올려본다

손뼉처럼 쏟아지는 희디흰 빛 알갱이

아니다, 이것은 너무 기교적이다

껍질에 싸인 볍씨를 그려본다

외떡잎식물 벼목 화본과의 한해살이풀인 벼는 동인도가 원산지다

아니다, 벼는 늪에서 나왔다

경상도는 1억 년 전 호수와 늪이었다

우리집 앞산에는 중생대 백악기의 발가락 세 개인 공룡이 살았다

공룡이 마셨던 물, 양치식물이 숨쉰 공기 지금 내가 마시고 들이쉰다 그때는

가오리가 날아다녔을지도 모른다
서 마지기 논에서 나온 쌀 먹고 시집간 고모는
치매를 앓다가 지난해 돌아가셨다
어머니는 사십 년 전에, 아버지는 오십 년 전에 가셨다
내년에도 쌀은 올 것이다
공룡이 죽고 내 숨이 끊어져도 쌀은 날아올 것이다
설마 기러기처럼 논이 날아가기야 하겠는가

호떡집에 불이 나서

하필이면 왜 호떡집인가

오래도록 궁금하더니 오늘에야 알았다 호떡집에 불이 나면 무슨 일이 생기나, 대백플라자 모퉁이 포장 친 옛날식 호떡집 세상에서 가장 시끄러운 집

획획, 소매가 펄럭거리고

반죽이 척척, 이겨지고

빵틀이 철컥철컥, 돌아간다

손님들이 줄서서 기다리고, 볶은 땅콩이 튀고, 밀가루가 날뛰고, 달아오른 빵틀 속에서 호떡이 정신없이 부풀어오른다

호떡집에 불이 났다

그런데 이게 웬일, 움직임은 부산한데 말소리는 한마디도 들리지 않는다 아이스크림 튀김처럼 겉은 뜨겁고 속이 고요하여,

알고 보니 주인이 농아 부부

주인이 농아이니 손님도 덩달아 농아가 되어

천 원짜리 두 장을 들고 눈짓으로, 손가락으로, 벙긋 웃음으로, 돈이 건너가고 호떡이 건너온다 계피가루가 싸늘한 겨울 공기를 문지른다

호떡이 부풀어오르는 동안

천막 바깥의 딱딱한 시간이 물렁물렁하게 부풀고 마침내 알맞게 구운 노릿한 호떡을 한입 베어먹을 때,

앗, 뜨거!

숨죽였던 말들이 튀어나오며 뭉클, 굳은 혀가 구름처럼
마구 피어오르는 것인데,

달팽이

　그날도 힘 부칠 정도로 책을 사서는 대구행 막비행기 시
간 빠듯하게 지하철을 탔지요 한 시간 전부터 마렵던 오줌
보 움켜쥐고 자리에 앉으려는데 구둣발 사이로 뭔가 움직이
는 게 보이는 겁니다

　그렇습니다, 달팽이!
　새끼손가락 손톱만한 게 여기가 어디라고 세상모르게 느
릿느릿 기어가고 있었습니다 지하철에 달팽이라니…… 둘
러보니 장미꽃잎 함께 곳곳에 으깨져 비릿한 흔적

　명색이 시인인데, 얼른 주워 손바닥에 올려놓고 궁리했습
니다 이걸 어쩌나, 풀 한 포기 없는 캄캄한 지하에 이 녀석을
놓아둘 순 없는 일 공항에 가면 작은 풀밭이라도 있으리라

　하지만 달팽이는 내 갸륵한 생각은 아랑곳하지 않고 끈
적끈적한 침 게워내며 손바닥을 빠져나가려는 겁니다 행여
졸다 떨어뜨릴까봐 눈 부릅뜨고 한 시간을 좋이 견뎠지요

　마침내 목적지에 도착해서 두 팔로도 버거운 짐을 한쪽으
로 몰아 쥐고, 가방은 어깨에 비스듬히 걸어 매고, 달팽이
쥐고 계단을 뛰어오르니 이런, 김포공항 드넓은 광장에는
한 뼘 풀밭이 없었습니다

장내 방송은 거듭 재촉하는데, 터질 듯 부풀어오른 오줌보는 아프기까지 한데, 풀 한 포기 흙 한 줌이 영 안 보이는 겁니다

이럴 땐 어떻게 해야 합니까
바닥에 놓고 구둣발로 밟아버려야 합니까? 비행기를 포기하고 하룻밤 묵고 와야 합니까? 그냥 눈 딱 감고 먹어버립니까?

그 답을 아직까지 찾지 못했습니다
십 년이 지나도 찾지 못했습니다

단지(斷指)

안중근 의사의 손도장
왼손 네번째 손가락 한 마디가 없다 하필이면 그 손가락
이고 그 마디일까
네번째 손가락은 무명지(無名指)
엄지 검지 중지 소지 뒷전에서 끝내 이름 얻지 못한 손
가락
양손 서른 마디 가운데 가장
쓸모없는 한 마디

12남 9녀 스물하나 중 셋째로 태어나
평생 골방에서 금붕어만 그리다
독 묻은 숟가락 물고 요절한 시인*
대구 부호이며 중추원 참의인 아버지의 눈에는 다섯 살에
어미 잃어 젖배 곯은 아들, 시 나부랭이나 쓰는 아들이 무명
지 한 마디가 아니었을까

쓸모만 쓸모 있는 이 땅에 시인은
쓸모없는 무명지
그러나 약속 구부려 빚은 약혼반지는 그 손가락에 끼운다
네 로마신화에도 있다지
그 손가락 심장에 곧바로 이어져 있다고,

무용(無用)의 무명지로 꾹꾹 눌러 쓰는 시

072

죽은 몸에 지금 돋는다
눈엽(嫩葉)으로 눈뜨는 초록의 시

* 이장희(1902~1931).

영영이라는 말

어머니 마흔번째 제사 모신 날

자리에 눕다가 문득 떠오른 생각,
나 죽기 전에 다시는 엄마를 만날 수 없구나 여태껏 한 번
도 공들여 생각해보지 못한 생각, 내 생애엔 정말로 엄마를
다시 볼 수 없구나

그것이 죽음이라는 걸, 그 어린 나이가 어찌 알았으랴

그렇다 하더라도 너무 가혹하지 않은가 나 땅에 묻히기 전
에 어머니 얼굴 영영 다시 볼 수 없다니

새삼 사무친다, 영영이 얼마나 무서운 말인지

얼마나 무서웠는지
로션조차 안 바른 맨 얼굴의 이런 시를 나는 쓴다

보조개사과

　일주일에 두어 번 집안일 도와주러 오는 예분씨
　와서는 다섯 살 외손자 자랑에 금방 해야 할 일 잊고 마는
예분씨 남편 사별한 지 이십 년이 다 됐다는,
　아주머니라기에는 너무 늦었고 할머니라기에는 좀 섭섭
한 나이

　두 말가웃 곡식 자루 몸매지만 웃으면 금세 오목하게 볼
우물이 파이는 예분씨 그럴 때 예분씨는 아줌마가 아니라
예분씨가 된다

　예분씨 보조개는 농협 사과상자에도 들어 있으니 수줍은
배꼽 드러내고 누운 사과 처녀 얼굴에 박힌 송곳 상처, 지난
여름 쏟아진 우박 때문인데, 어떤 순정한 마음이 흠집을 보
조개란 말로 성형하였던 것

　마춰내시경이라고 차마 말할 수 없어 수면내시경이라 고
쳐 부르는 장삿속도 있지만
　보조개사과,
　그 이름이 하도 예뻐 입안에 넣어 꽈리처럼 굴리고 있는
데 예분씨 속옷 바람에 무심코 방문 나서다 굵은 사과알 같
은 가슴 두 손으로 가리며 후다닥 달아난다

벌초

손이 혀가 되는 순간이 있다
손 없는 소처럼 나 오늘 손을 혀로 바꿔 온종일 땡볕 아
래 헤맸으니
봉분에 돋은 잡초, 묘역에 들어온 가시덤불
어릴 적 골마루 닦던 어머니처럼 무릎 꿇고 손바닥 혀로
맛있게 뜯어먹었다

벌초는 낫으로 하는 게 아니라
두 손으로 하는 거라고, 내 얼굴 뽀득뽀득 씻겨주시던 그
때 손길처럼 혀가 된 손바닥으로
어머니 둥근 얼굴 만지고 또 어루만졌다
주저앉은 젖가슴처럼 늙은 봉분은
비릿한 풀냄새 풍기고……

저물도록 홀로 빈 젖을 만지는 까닭은
뽑아도 뽑아도 돋아나는 잡념들, 당신보다 스무 해나 더
산 나이를 솎아내는 일임을

손등 긁는 청미래덩굴 따끔따끔한 가시는
한 치 한 뼘도 빼먹지 않고 더듬어야 할 생(生)의 등뼈 실
감으로 일깨워주는 것인데

가만히 귀기울여보니

봉분 안에도 죽음이 죽음으로 살아내는지
뼛조각 하나 없이 잘 삭은 시간이 고요히 숨쉬고 있는 것
이었다

탱자는, 탱자가 아닙니다

탱자는, 탱자가 아닙니다
탱자처럼 올라붙은 불알 가진 수캐가 아닙니다 꽃핀 암캐
항문이나 쫓는 수캐가 아닙니다
갓 피어난 채송화 꽃밭 휘저으며 나비를 쫓다가도
눈동자에 뭉게구름을 담아냈지요

비록 늘 굶주렸지만, 이웃의 후한 대접에는
밭고랑에 숨은 생쥐 잡아 현관에 갖다놓는 염치도 있었
어요
장맛비에 허적이며 온 동네 쏘다니는 그를 만나는 건
어려운 일이 아니었지요

앞산 능선이 완만한 것은 개의 등이 굽었기 때문이며 그
의 등이 굽은 것은 사무침 때문입니다

탱자는 어느 날 갑자기 사라졌습니다

이불 홑청 빨다가 구름에게 손등을 깨물린 날
마을 뒷산 오르는 이웃들 따라 올라가 영영 내려오지 않
았어요
주머니에 든 돈과 입은 옷으로 대문 나서서
몇 년째 돌아오지 않는 제 주인처럼

사무침이 구름을 피우고 사무침이 방금 다렸던 와이셔츠
를 다시 다리게 만듭니다

  한번 흩어진 구름은 왜 다시 뭉쳐지지 않을까요 한번 지
나간 물소리는 왜 다시 돌아오지 못할까요
  푸른 가시마다 총총한 흰 꽃
  탱자 울타리에 탱자가 올해에도 걸어와 매달리는데

웃음이 파인다

천장에 보조개가 파인다
소금쟁이 물 위를 달리듯 빗방울이 못물을 두드리듯,
이럴 때 발걸음은 웃음이다

이쪽에서 저쪽으로 저쪽에서 이쪽으로 건반처럼 웃음이
몰려다닌다
설을 쇠러 온 모양이다
물수제비뜨듯 뛰어가는 파문, 검은 개흙의 오후를 흔들
어놓는다

일렁이는 호수를 머리에 이고 앉아 단풍잎 발바닥에 묻은
웃음의 탄력을 만진다
늙은 아내 혼자 전을 부치고
피아노처럼 시커멓게 웅크려 앉아 나는 발톱을 깎는다

몰려다닐 웃음은 여기에 없고
월부로 들여놓았던 영창피아노 뚜껑 열리지 않은 지 이
미 오래,
레이스 덮개 위 얹힌 보조개가 희미하다

다시 한바탕 소나기, 천장에 웃음이 파인다

꽃눈처럼

낡은 스웨터에 달린 호크 같고 물에 부푼 팥알 같다
움트다 뒤통수 맞은 지난봄 꽃눈 같기도 하다
제가 왜 거기에 있는지도 모른 채 절벽 위 가까스로 매달
려 있는 그것
돋을새김 꼭지는 제법 팥죽빛까지 둘렀다

그러나 제아무리 비슷하게 꾸며도 그것은
쓸모에서 벗어난 것
있기는 있지만 쓸모가 없다는 점에서 내가 지금 쓰고 있
는 시를 닮았다

뾰로통하게 토라진 사춘기 소녀 입술같이 튀어나온 꼭지
건드렸더니 물살이 인다
못물을 미끄러지는 물뱀처럼 간지러움이 온몸에 번진다

내 몸에 꽃 핀다

이 물살은 꽃의 간지러움, 몸의 마려움이 피워낸 꽃

딱딱한 돌이 표정 짓는 걸 보지 못했으니 손길 닿으면 웃
음 짓는다, 모든 살아 있는 것들은
말이 닿으면 눈뜨는 사물처럼
지금 시가 피어오른다, 내 젖꼭지 위에서

허브도둑

『난초도둑』이란 소설도 있다지만 얼마 전 정말 허브를 도둑맞았습니다. 늘 새들새들한 허브가 안쓰러워 거름 넣은 새 화분에 옮겨 심고 사무실 복도 창가에 내놓았더랬지요. 그런데 잠시 자리 비운 사이 화분이 감쪽같이 사라진 겁니다. 기막히고 허탈했지만 이내 맘 바꿔먹고 짧은 글귀 써 붙였지요.

이 자리에 놓여 있던 화분을 가져가신 분께

아마 저보다 더 그 꽃을 사랑하실 분인 것 같습니다. 오늘 마침 거름을 넣어주었으니 6개월 안에는 거름을 주지 않아도 됩니다.

부디 그 꽃을 많이 사랑해주세요.

그런데,
사흘 만에 화분이 돌아왔습니다. 출근하다보니 그 자리에 그 화분이 머쓱하게 앉아 있는 겁니다. 그새 무슨 일이 있었는지 영 낯선 얼굴이었어요. 써 붙인 쪽지 떼어내고 이런 쪽지를 붙여놓았더군요.

이 화분에 대해서 걱정하고 계신 분께

이 화분이 잠시 새로운 지평선이 보고 싶어서 짧은 여행을
다녀왔어요. 이제 돌아왔으니 행복하다고 하네요. ^^

하의 벗긴 채 배수로에서 발견되지 않고 말짱하게 돌아
온 게 기적 같았습니다. 올봄 허브 꽃은 희디흰 속옷처럼
깨끗하게 피어나겠습니다. 일간지 사회면 축축한 골짜기마
다 굴러다니던 막돌에서 난초꽃도 덩달아 하얗게 빠져나오
겠습니다.

타자의 얼굴, 저 지워지지 않는 고통의 비린내들

이찬(문학평론가)

몸들의 얼크러짐, 에로스의 미감들

장옥관의 시는 아주 오래된 풍경에서 스며나는 비린내와 그 너덜너덜해진 질감의 흔적들에 배어든 아우성으로 그득하다. 이 비린내와 아우성은 그저 고요하게 머물러 있을 뿐인 흐릿한 풍경의 윤곽이거나 그 미감의 만족과 쾌락이 떨어뜨린 한 조각의 아름다운 비늘일 수 없다. 그것은 저 멀리 우두커니 서 있는 관조적 편린들을 꿰뚫고 넘쳐나 우리들의 살갗으로 휘감겨온다. 이는 지난 네 권의 시집을 빠짐없이 가로지르는 예술적 사유의 지력선이자 이미지 조각술의 중핵이라고 보아도 좋다.

그렇다. "누군가 살다 간 흔적 그 비린내, 밟으면 끈적하니 발바닥에 달라붙는"(「계마리에서 1」, 『황금연못』, 민음사, 1992), "아랫도리 둥치를 찢고 새어나오는 저 짙푸른 비명처럼"(「비명」, 『하늘 우물』, 세계사, 2003), "실어증 6개월 만에 처음 시 쓰던 날/ 쓰러지기 전 쓰던 시 단 한 문장을 다 짜지 못해/ 지우고 지우고 다시 지우던/ 그날,/ 회백색 뇌수에 들끓던 구더기떼/ 검은 날개 달고 날아오르는 걸 눈부시게 바라보았지"(「살아 있는 전봇대」, 『달과 뱀과 짧은 이야기』, 랜덤하우스, 2006) 같은 구절에 새겨진 무늬들은, 오랜 시간의 풍화를 온몸으로 겪어내면서도 도리어 팽팽한 탄력으로 덮쳐오는 그 날 선 감각의 저릿한 장면들을 제 거죽 위에 흩뿌려놓는다.

장옥관의 이번 시집 『그 겨울 나는 북벽에서 살았다』는 그
가 송재학의 시 「늪의 내간체를 얻다」를 평하면서 요약한 바
있었던 "풍경과 몸의 연대", 곧 "풍경이 내 속에서 자신을 생
각한다"라는 메를로-퐁티의 말로 소묘되었던 제 자신의 예
술적 매듭을 고스란히 이어나간다. 그것은 이번 시집에서 빚
어진 "어머니 둥근 얼굴 만지고 또 어루만졌다/ 주저앉은 젖
가슴처럼 늙은 봉분은/ 비릿한 풀냄새 풍기고⋯⋯// 저물도
록 홀로 빈 젖을 만지는 까닭은/ (⋯⋯)/ 가만히 귀기울여
보니/ 봉분 안에도 죽음이 죽음으로 살아내는지/ 뼛조각 하
나 없이 잘 삭은 시간이 고요히 숨쉬고 있는 것이었다"(「벌
초」), "지금 뜯고 있는 이 빵은 누구의 살점인가 지나가는 구
름 낚아채 뜯어먹는 미루나무의 허기인가 수천 년 제 몸 뜯
어 나눠 먹이는 포도나무의 살점인가 굵고 긴 바게트 빵을
씹다보면 내가 내 팔뚝을 뜯어먹는 것 같아"(「빵을 뜯다」)
라는 이미지들에서 도드라지게 피어오른다. 나아가 저 무수
한 '몸들의 세계'가 '세계의 몸들'과 얼크러지는 에로스 미학
의 가공할 만한 위력은, "사랑"이라는 "불안"을 "헛것의 춤"
으로 무섭도록 생생하게 그려낸 아래의 시편에서 나타난다.

　　흰 비닐봉지 하나
　　담벼락에 달라붙어 춤추고 있다
　　죽었는가 하면 살아나고
　　떠올랐는가 싶으면 가라앉는다

사람에게서 떨어져나온 그림자가 따로
춤추는 것 같다
제 그림자도 제대로 챙기지 못하는 그것이
지금 춤추고 있다 죽도록 얻어맞고
엎어져 있다가 히히 고개 드는 바보
허공에 힘껏 내지르는 발길질 같다
저 혼자서는 저를 드러낼 수 없는
공기가 춤을 추는 것이다
소리가 있어야 드러나는 한숨처럼
돌이 있어야 물살 만드는 시냇물처럼
몸 없는 것들이 서로 기대어
춤추는 것이다
시도 때도 없이 찾아와 나를 할퀴는
사랑이여 불안이여
오, 내 머릿속
헛것의 춤

—「춤」전문

시인은 "사랑"을 "시도 때도 없이 찾아와 나를 할퀴는"이
라는 말로 그려내고 "불안"을 나란히 병치함으로써, 그것이
품은 불가항력적인 운명의 폭력성을 밀도 높은 단 하나의
장면으로 농축시킨다. "사랑"이라는 미친 벡터, 그 전율 어
린 삶의 불가사의는 어쩌면 들뢰즈가 말했던 '명석 판명한

온대 지방이 아니라 숨겨진 어두운 지대'(『프루스트와 기호
들』, 서동욱 옮김, 민음사, 2004)에 이미 주름져 있었던 것인
지도 모른다. 그것은 예측이 불가능할뿐더러 미리 운산(運
算)할 수조차 없는 장면에서 휘날려오는 것이기에, "죽었는
가 하면 살아나고/ 떠올랐는가 싶으면 가라앉는다"라는 편
린으로 새겨지는 것은 무척이나 자연스럽다. 또한 "사랑"이
태어나고 자라나는 혹은 숨거나 사그라지는, 그 저릿저릿한
운명선의 굴곡은 마치 몸에 돋아나는 소름처럼 진득하게 배
어날 수밖에 없을 것이다.

　어느 날엔가 문득 마주친 "담벼락에 달라붙어 춤추고 있"
는 "흰 비닐봉지"는 시인의 밑바닥에 웅크리고 있었을 "사
랑"이라는 "불안", 그 "헛것의 춤"을 일깨우는 우발성의 화
살로 날아와 박혔던 것이 분명하다. 그렇지 않다면, "죽도록
얻어맞고/ 엎어져 있다가 히히 고개 드는 바보" "소리가 있
어야 드러내는 한숨처럼" "몸 없는 것들이 서로 기대어/ 춤
추는 것이다"라는 무서운 리듬감의 언어들은 솟아오를 수
없었을 것이다. 이 시편의 표제가 "춤"일 수밖에 없는 까닭
역시 이 자리에서 나온다. "춤"이야말로 몸의 자연스런 숨
결과 움직임, 그 윤곽선 전체를 통째로 거머쥘 수 있는 탁월
한 이미지이기 때문이다.

　무수한 몸들의 얼크러짐, 곧 에로스의 미감들과 성애학적
상상력은 시집의 모서리 마디마디로 스며들어, 아름답고 황
홀하면서도 위태롭게 질척이는 몸의 편린들을 낳는다. 예컨

대, "저를 쑤셔 박고 몸속에 고인 물/ 한 방울도 남기지 않고/ 빨아당기려는 듯"(「나사못 박듯 송두리째」), "네 몸에 딱 맞는 열쇠 들고/ 환(幻)으로 환을 쑤셔 환하게 밝혀보리라 쑥부쟁이 엉클어진 덤불에/ 속곳 벗은 어둠이 덮쳐올 때까지"(「대추나무 가지에 돌멩이 끼우듯」), "맨몸의 보름달을 어루만지며 여자가 말했다 당신이 원한다면 난 다 벗을 수 있어 하지만 벗는다는 말은 머리가 하는 말 몸은 그냥 벗는다 적나라하게 벗는다"(「벗을 수 있다는 말」) 같은 편린들은 시인 장옥관의 붓끝이 몸들과 몸들의 뒤섞임, 즉 육감적 사랑의 감촉에서 잉태된다는 사실을 선명하게 일러준다. 나아가 그의 이미지 조각술이 즉물적이거나 정태적인 시각적 표상들을 넘쳐흐르는, 서로 다른 '몸들의 세계'가 한몸으로 얼크러져 교성을 내지르는 듯한 '살갗의 현상학'에 잇닿아 있다는 것을 암시한다. 그의 시 전편을 타고 흐르는 활물적인 주술성의 감각, 그 교태 어린 숨결 역시 이 자리에서 나온다.

고통의 살갗에서 휘날려온 무의식의 생채기들

장옥관의 시 전편을 가로지르는 '살갗의 현상학'은 이번 시집에서 전혀 다른 차원을 향해 뻗어나감으로써 새로운 이미지의 터전을 마련한다. 그것은 또한 좀처럼 보이지 않는 세상의 구석진 곳곳에서 신음을 뱉어내는, 고통스런 비명으로 얼룩진 타자들에게로 다가가 그들의 곪은 상처와 아픈 흉터를 어루만지려는 '응답과 책임으로서의 윤리'로 맺혀진다. 그리하여, 『그 겨울 나는 북벽에서 살았다』는 예전 시집들보다 훨씬 더 강렬한 감염력의 파장과 충실성의 위력을 뿜어낸다.

레비나스(E. Levinas)가 사유했던 '고통의 윤리학'은 '죽음'이라는 '절대 타자' 또는 나의 먹거리와 잠자리, 일과 휴식과 놀이와 섹스라는 삶의 '향유'와 '존재 경제'의 테두리를 짓부수고 다가오는 '타자의 얼굴', 우리의 예상과 기획과 의도를 빗겨나 느닷없이 밀어닥치는 '고아'와 '과부'와 '가난한 자'의 헐벗은 몸뚱이로부터 휘날려온다. 아니, 그들의 곤궁하고 궁핍하고 무기력한 얼굴에 대한 부채감, 우리가 소유하는 집과 재화와 안락의 권리, 그 정당성에 대한 불안 어린 자문의 뒤통수에서 솟구쳐오른다.

『그 겨울 나는 북벽에서 살았다』마디마디에서 움터난 고통의 살갗들, 이에 대한 '응답과 책임으로서의 윤리'는 어쩌면 시인 장옥관이 가야만 했고, 갈 수밖에 없었던 어떤 필연성의 자취였는지도 모른다. 그가 시인으로서 제 알몸을 숨김없이 드러냈던 "저의 요즘 생각은 언어의 질서가 빚어내는 아름다움보다는 서툴지만 저릿한 감동을 던져주는 시, 음식찌꺼기가 뒤범벅된 구정물 같은 언어에 머물러 있습니다"(「제15회 김달진문학상 수상소감」, 『서정시학』 2004년

여름호)라는 말은, 저 '고통의 윤리학'이 이미 오랜 시간에
걸쳐 농익고 있었음을 가늠케 해준다.

　　병아리 울음 돌아다닌다
　　발 달린 울음소리 온 집을 헤집고 돌아다닌다 어미 잃은
세 살 아이처럼 이 방 저 방 돌아다닌다

　　간절하고 다급하게 깜빡이는 소리
　　배고파 우는 소리

　　견디다 못해 두꺼운 방석으로 덮어보고 베란다 헌옷 더
미에 숨겨봐도 그치질 않는다

　　누가 날 부르는 것일까
　　스무 살 조카 숨 떨어지기 전까지 깜빡이던 모니터 불
빛 같기도 하고
　　혼자 사는 단골 밥집 여자 방바닥에 흘린 제 몸의 피 쓰
윽 닦아내던 손길 같기도 하고

　　누가 사준 것인지 이제는 생각조차 나지 않는 낡은 무선
전화기 들을 수는 있어도 말할 수 없는 전화기

　　차마 목 조를 수 없어서 저 혼자 숨 거둘 때까지 기다리

다보니 부끄러운 일들 잘못한 일들
  온갖 일들 다 떠올라
  드라이버 들고 나사 풀다보니 문득,

  오빠, 오백만 원만 구해 보내줘 제발 이 섬에서 날 구해
줘 다급히 끊은 전화기
  울부짖는 파도 소리 바람 소리

  웅, 웅 아직도 숨통 끊어지지 않는
  나직한 울음소리
                    ―「차마 목 조를 수 없어서」 전문

  "누가 날 부르는 것일까"라는 목소리는 어디서 오는 것일
까? 그것은 "간절하고 다급하게 깜빡이는 소리" "스무 살 조
카 숨 떨어지기 전까지 깜빡이던" 신음으로부터, 아니, "저
혼자 숨 거둘 때까지" 울려 퍼지던 아우성, "오빠, 오백만 원
만 구해 보내줘 제발 이 섬에서 날 구해줘"라는 절규로 가득
찬 고통의 호소로부터 온다. 따라서 "울부짖는 파도소리 바
람 소리// 웅, 웅 아직도 숨통 끊어지지 않는/ 나직한 울음소
리"는 시인의 몸 한가운데 오래도록 지워지지 않을 겸연쩍
은 부채감과 비릿한 죄의식을 남긴다.
  "저 혼자 숨 거둘 때까지 기다리다보니 부끄러운 일들 잘
못한 일들/ 온갖 일들 다 떠올라"는 저렇게 고통을 호소해

온 타자들에게 충실하게 응답하거나 책무를 다하지 못했다는, 시인의 마음결 깊은 곳에 숨겨진 무의식의 상흔이 쥐어짜내는 탄식의 편린들일 것이다. 그것은 일상적 삶의 '향락'과 '존재 경제'를 보존하기 위한 필사적인 몸짓일 수밖에 없을 "두꺼운 방석으로 덮어보고 베란다 헌옷 더미에 숨겨봐도" 끝내 사라지질 않는다. 오히려 "그치질 않는" 탄력으로 무의식의 뒷면에 그림자처럼 스며든다.

따라서 "아직도 숨통 끊어지지 않는" 고통의 비린내, 그 질긴 감각의 끈적임은 시인의 고른 숨결을 찢는 무의식의 생채기로 남겨질 수밖에 없었을 것이다. "차마 목 조를 수 없어서 저 혼자 숨 거둘 때까지 기다리다보니"는 탁월한 이미지이다. 그것은 무의식의 상흔이 남긴 반향(反響)의 흔적이자, 고통으로 깨어져나간 타자의 숱한 몸뚱이들 앞에서 우리들 모두가 취하게 되는 우물쭈물한 당혹스러움과 그 뒷면에 깃들일 수밖에 없을 어떤 죄의식을 한꺼번에 암시하는, 매우 농밀한 것이기 때문이다.

소리의 무덤이다 콩죽 끓듯 빠져드는 빗방울 깨물며 소리를 쟁인다 소리가 동심원을 그리며 번져나가는 걸 본다 잎새들 입술 비비는 소리가 나이테를 그리듯

모로 누워 베개에 귀 붙이면 부스럭부스럭 뒤척이는 소리 쉰 해 동안 내 몸으로 빠져든 온갖 소리들 속삭이는 소

리 숨 몰아쉬는 소리 울부짖는 소리 숨죽여 우는 소리……

　들여다보면 소리들 삭아 부글거리는 검은 뻘

　호수가 얼음 문 닫아걸듯 나 적막에 들면, 빠져든 소리
들은 다 어디로 새어나갈까 받아먹은 소리 다 내뱉으면
그게 죽음일까 들이마신 첫 숨 마지막으로 길게 내뱉듯이
　　　　　　　　　　　　　　　　　　　—「호수」 부분

　고등어가 바다를 데리고 온 것이다
　이 공기 속에는
　얼마나 많은 죽음이 숨겨져 있는가
　화장장 굴뚝에서 뿜어져 나오는
　이름과 이름들
　황사바람에 섞여 있는 모래와 뼛가루처럼
　어딘가에 스며 있는 땀내와 정액,
　비명과 신음,
　내 코는 고등어를 따라
　모든 부재를 만난다
　부재가 죽음 속에서 머물고픈 모양이다
　　　　　　　　　　　—「고등어가 돌아다닌다」 부분

위의 두 시편에는 고통으로 일그러진 '타자의 얼굴'이 선

명하게 그려져 있다. 그것은 "어딘가에 스며 있는 땀내와 정액,/ 비명과 신음"을 마치 살아 꿈틀거리는 생명체처럼 빚어내 바로 지금 이 자리에서 일렁이는 맨살의 감촉처럼 달라붙도록 만든다. 또한 「고등어가 돌아다닌다」의 끝자리에 돋아난 "내 코는 고등어를 따라/ 모든 부재를 만난다/ 부재가 죽음 속에서 머물고픈 모양이다"라는 이미지는 "죽음"을 뚫고 뻗쳐 나올 수밖에 없는 고통과 비명의 흔적을 다시 생생하게 되살려놓는다. 「호수」에서 울려나는 "모로 누워 베개에 귀 붙이면 부스럭부스럭 뒤척이는 소리 쉰 해 동안 내 몸으로 빠져든 온갖 소리들 속삭이는 소리 숨 몰아쉬는 소리 울부짖는 소리 숨죽여 우는 소리"는 시인 제 자신의 "소리"일 수 없다.

그것들은 비록 "내 몸으로 빠져든 온갖 소리들"이기는 하나, "나"의 의식적 자기동일성으로 환원되지 않는, 오히려 우리들 모두의 일상적 안정성과 정체성을 일그러뜨리는 '내 안의 타자' '동일자 안의 타자'일 것이 자명하다. 또한 시인에게 야릇한 불쾌감과 좌불안석의 들썩임과 '윤리적 불면'의 기나긴 밤을 안겨다주었던 두려운 진실들이자 그의 기억의 모퉁이에서 사라지고 빠져나가고 지워져버린 것들, 고통과 신음과 비명으로 얼룩진 '타자의 얼굴'일 것이다. 아니, 그들에게 제대로 응답하지 못한 데서 생겨난 부채감과 죄의식의 그을음 자국일 것이다.

허나, 이러한 부채감과 죄의식은 비단 시인 혼자서 내밀

하게 걸머진 실존적 뒤틀림의 흔적만은 아닐 것이다. 그것
은 오히려 지금 여기서 시집을 읽고 있는 우리들 모두의 몸
을 헤집고 날아온 '고통의 윤리학'이라는 신종 바이러스일
것이 틀림없다. "소리의 무덤이다"라는 말은 세상의 그 모
든 언저리에서 일어나는 무수한 고통들에 대해 눈감고 귀
막고 제 몸의 감각들을 모조리 걸어 잠가, '존재 경제'의 안
녕만을 영원무궁토록 보존하려는 일상성의 완강한 성채를
비유한다. 그렇다. "호수가 얼음 문 닫아걸듯 나 적막에 들
면, 빠져든 소리들은 다 어디로 새어나갈까"라는 자책 어린
힐문처럼, 우리들 모두는 제 존재 테두리가 이루어온 생활
의 관성을 유지하기 위해 "받아먹은 소리"를 "다 내뱉"지
못한다. 그것을 있는 그대로 "들여다보면 소리들 삭아 부글
거리는 검은 뻘", 바로 "그게 죽음"에 이르는 위태로운 것이
자 불길한 낌새라는 것을 그 누구라도 원초적 본능처럼 알
아채고 있기 때문이다.

    그럼에도 불구하고, 고통의 "소리들"이 "콩죽 끓듯 빠져
드는 빗방울 깨물며 소리를 쟁이"듯, "소리가 동심원을 그
리며 번져나가"는 것처럼, "잎새들 입술 비비는 소리가 나
이테를 그리듯" 살아나고 다시 또 살아나고 살아나 우리들
몸을 찢고 들어온다. 이 무서운 "소리들"이 어떤 말투와 몸
짓을 타고 치밀어오르는 자리, 그것이 바로 "소리의 무덤"
으로 빗대어진 무의식의 텃밭일 것이다. 아니, '억압된 것
의 회귀'라는 프로이트의 말처럼, 언젠가 우리들 몸으로 기

필코 진격해오고야 말 무의식의 가장 원초적인 에너지이다. 나아가 시간이라는 망각의 강을 흘러넘쳐 마침내 제 속살을 드러낼 수밖에 없을 진실의 무지막지한 폭력일 것이다. "화장장/ 굴뚝에서 뿜어져 나오는/ 이름과 이름들"의 무수한 "죽음"들처럼, 우리들 삶의 터전인 "이 공기 속에는" 무의식의 생채기들이, 어슴푸레하지만 진저리쳐지는 어떤 죄의식이 "숨겨져 있"을 것이 분명하다. 그것은 또한 "황사바람에 섞여 있는 모래와 뼛가루처럼", "어딘가에 스며 있는 땀내와 정액,/ 비명과 신음"처럼 되살아나 언젠가는 우리들의 몸을 뚫고 치솟아날 것이 틀림없다.

시집 곳곳에 아로새겨진 "일찍 과부가 된 삶은/ 눈꺼풀이 없는 눈/ 눈꺼풀 없는 눈이라고 눈물조차 없진 않았을 터/ 눈물이 눈꺼풀을 닦아주었다"(「눈꺼풀」), "수천 년 바래고 바랜 거울에 비워내고 비워내도 고이는 것이 죄여서 낡은 거울은 마르지 않는 샘이다"(「마르지 않는 샘」), "저를 짓누르는 무게/ 대물림한 가난, 벗어날 수 없는 계급의 무게/ 다 짊어졌기에 무거웠던 것// 하지만 흔들리지 않겠다/ 날려가지 않겠다 오, 저 바닥의 삶"(「가난론」), "내 시집에 해설 써준 양헌이는 토끼 간을 못 구해 죽었다 좀더 살아도 되는데 살아야 했는데……/ 그는 복숭아밭에 가서 누웠다// 그가 묻힌 곳 타오르는 천리 불꽃/ 토끼 간을 구해 가지마다 걸어두리라"(「올해는 신묘년(辛卯年),」) 같은 문양들은, 오랜 시간의 깊이 속에서 시인의 붓끝을 감싸고 있었던 "풍경과 몸의 연대", 곧 '에로스'의 미학적 질감들이 '고통의 윤리학'이라는 다른 차원의 예술적 짜임새로 발효되었다는 사실을 명징하게 알려준다.

타자의 얼굴, 메시아의 현현과 모성성의 윤리

이 시집의 큰 테두리들을 가로지르는 사유의 중핵이자 여러 갈래로 번져나가는 예술적 매듭들을 짜고 닦고 마름질하는 것은 '고통의 윤리학'이다. 그것은 두 갈래로 번져나가는 이미지들의 지력선을 낳는다. 하나는 고통으로 얼룩진 '타자의 얼굴'을 밀착 인화하면서, 그것이 시인에게 남겼던 무의식의 생채기들, 부채감과 죄의식이라는 그 두려운 진실의 흔적들이 다른 시간들로 번뜩이며 되살아나 그를 후려 갈겼던 어떤 '에피파니(epiphany)'의 순간을 매우 육감적인 장면들로 포착한 이미지들이다. 우리가 지금까지 이야기해 온 바가 이와 같다. 다른 하나는 세계와 타자들의 그 무수한 고통의 장면들과 마주칠 때 절로 고개가 숙여지는 부끄러움과 괴로움과 겸연쩍음의 느낌들, 아니, 살아 있다는 것과 늘 함께하는 '고통의 바다' 앞에서 만인들이 품게 되는, 낮지만 넓은 수용 태도와 마음가짐을 촘촘한 필법으로 그려낸 문양들이다.

호떡집에 불이 났다

그런데 이게 웬일, 움직임은 부산한데 말소리는 한마디도 들리지 않는다 아이스크림 튀김처럼 겉은 뜨겁고 속은 고요하여,

알고 보니 그 집 주인은 농아 부부

주인이 농아이니 손님도 덩달아 농아가 되어

천 원짜리 두 장을 들고 눈짓으로, 손가락으로, 벙긋 웃음으로, 돈이 건너가고 호떡이 건너온다 계피가루가 싸늘한 겨울 공기를 문지른다

호떡이 부풀어오르는 동안

천막 바깥의 딱딱한 시간이 물렁물렁하게 부풀고 마침내 알맞게 구운 노릿한 호떡을 한입 베어먹을 때,

앗, 뜨거!

숨죽였던 말들이 튀어나오며 뭉클, 굳은 혀가 구름처럼 마구 피어오르는 것인데,

　　　　　　　　　　　　　　　―「호떡집에 불이 나서」 부분

시인은 어느 날엔가 "대백플라자 모퉁이 포장 친 옛날식 호떡집"에서 "불이 난" 광경을 본다. "호떡집에 불이 나서"라는 표제는 물론 우리들에게 이미 친숙해져버린 어떤 종류의 클리셰에 지나지 않는다. 그러나 그것은 단지 "획획, 소매가 펄럭거리고/ 반죽이 척척, 이겨지고/ 빵들이 철컥철컥 돌아간다"라는 말이 풍겨내는 것처럼, "움직임은 부산

한데"라는 말로도 모자랄 만큼 사업이 번창중에 있다는 사실을 옮겨놓지 않는다. 오히려 "그 집 주인은 농아 부부"이며, "주인이 농아이니 손님도 덩달아 농아가 되"는 이상한 풍경 속에 이 작품의 미학적 질감과 윤리적 벡터가 함께 녹아 흐른다.

이 풍경을 타고 흐르는 것은 "농아 부부"가 겪어냈을 숱한 고통의 시간에 대한, 아니 지금도 치러내고 있을 그들의 어려움과 힘겨움에 대한 "손님"들의 마음가짐이다. 나아가 타인의 고통을 수용하는 과정에서 우리들 모두가 취하게 되는 어떤 겸허의 상태이다. "주인이 농아이니 손님도 덩달아 농아가 되어"라는 말은 이 모든 행위와 심리의 궤적 전체를 쓸어안고 있는 하나의 '주름(monad)'이다. "천 원짜리 두 장을 들고 눈짓으로, 손가락으로, 벙긋 웃음으로, 돈이 건너가고 호떡이 건너온다" "앗, 뜨거!/ 숨죽였던 말들이 튀어나오며 뭉클, 굳은 혀가 구름처럼 마구 피어오르는 것인데"라는 끝자리의 이미지들 또한, '말할 수 없는 고통'을 살아온 "농아 부부"에게 우리들 모두가 보내게 되는 '소극적 수용력', 그 낮은 태도와 자세를 확대 인화해서 보여준다.

설을 쇠러 온 모양이다
물수제비뜨듯 뛰어가는 파문, 검은 개흙의 오후를 흔들어놓는다

일렁이는 호수를 머리에 이고 앉아 단풍잎 발바닥에 묻
은 웃음의 탄력을 만진다
늙은 아내 혼자 전을 부치고
피아노처럼 시커멓게 웅크려 앉아 나는 발톱을 깎는다

몰려다닐 웃음은 여기에 없고
월부로 들여놓았던 영창피아노는 뚜껑 열리지 않은 지
이미 오래,
레이스 덮개 위 얹힌 보조개가 희미하다

다시 한바탕 소나기, 천장에 웃음이 파인다
　　　　　　　　　　　　　─「웃음이 파인다」 부분

백담계곡에서 안고 온 둥근 돌 하나 욕조에 담가놓고 들
여다보니 큰아이 태어난 지 사흘 만에 데려와 눕혀놓았을
때가 생각난다 딸아, 딸아 너는 어디에서 왔니? 둥근 그
곳에 보름달이 들어 있나 불덩이가 들어 있나 손바닥으로
쓰다듬는 아랫배의 비밀이 궁금하기만 한데 돌 하나 업어
온 날 밤에는 나 모르게 태어난 아이와 태어나지 못한 아
이가 손잡고 걸어와 내 집 대문을 두드릴 것만 같다 먼 은
하의 별에서 발 부르트도록 걸어와 내 얼굴 들여다보며 검
은 눈물 닦아줄 것만 같다
　　　　　　　　　　　　　─「둥근 돌」 전문

위의 시편들에는 레비나스가 '모성성'이라고 불렀던 '윤리적 주체'가 탄생할 수 있는 가능성의 터전을 소소한 삶의 편린들에서 찾아내려 애쓰는 시인의 마음결이 숨어 있다. 어느 "설"엔가 위층에서 아이들이 소란스럽게 뛰어다녔던 그 현장의 광경을 시인은 "물수제비뜨듯 뛰어가는 파문, 검은 개흙의 오후를 흔들어놓는다// 일렁이는 호수를 이고 앉아 단풍잎 발바닥에 묻은 웃음의 탄력을 만진다"라는 말로 소묘한다. 그것은 "다시 한바탕 소나기, 천장에 웃음이 파인다"라는 문양들로 매듭지어지면서 '타인의 잘못을 오히려 나의 잘못으로 수용'하려는 '대리-책임의 존재', 곧 '대속(代贖)'의 주체가 태어날 수 있는 자리를 넘본다.

물론 「웃음이 파인다」의 거죽에 드러나 있는 것은, "웃음의 탄력"과 "보조개"라는 말이 상기시키는 정겹고 흐뭇한 마음 상태이다. 다시 말해, 조롱과 풍자와 비속이라는 비판과 부정의 칼날이 제거된 '해학'이라고 정의될 수 있는 '우아'에 가까운 어떤 미감의 편린들을 펼쳐놓는다.(김인환, 「희극적 소설의 구조원리」, 1981) 그러나 "늙은 아내 혼자 전을 부치고/ 피아노처럼 시커멓게 웅크려 앉아 나는 발톱을 깎는다// 몰려다닐 웃음은 여기에 없고/ 월부로 들여놓았던 영창피아노는 뚜껑 열리지 않은 지 이미 오래,/ 레이스 덮개 위 얹힌 보조개가 희미하다"라는 문양에는, 제 가족을 포함한 타인의 잘못과 고통에 등을 돌려버렸던 시인

자신의 태도를 힐문하고 자책하는 마음의 파문이 '침묵의 공간'처럼 버팅기고 서 있다.

「둥근 돌」에 나타난 "나 모르게 태어난 아이와 태어나지 못한 아이가 손잡고 걸어와 내 집 대문을 두드릴 것만 같다면 은하의 별에서 발 부르트도록 걸어와 내 얼굴 들여다보며 검은 눈물 닦아줄 것만 같다"는 문양은, '타자의 윤리학'을 적극적으로 실천하려는 비장한 결의와 묵직한 호소력을 품지 않는다. 그러나 그것은 적어도 "나 모르게 태어난 아이와 태어나지 못한 아이"로 새겨진 고통받는 '타자의 얼굴'을 맞대고서, 그의 목소리에 귀기울이고 그와 눈을 맞추고 흉터를 어루만지려는 '응답과 책임으로서의 윤리'로부터 뻗어나온 것이 분명하다. 그러지 않고서야, "내 집 대문을 두드릴 것만 같다" "내 얼굴을 들여다보며 검은 눈물을 닦아줄 것만 같다"는 고통 받는 '타자의 얼굴'에서 도리어 '메시아'가 도래하는 '에피파니'의 순간을 찾아낼 수 있는 엄청난 윤리학적 비전은 솟아날 수 없기 때문이다. 아니, 저 생면부지의 타자들이 침묵으로 호소하는 고통의 얼굴들이 "내 검은 눈물"로 표상된 무의식의 생채기, 그 부채감과 죄의식을 "닦아줄 것만 같다"고는 결코 말할 수 없을 것이기 때문이다.

이는 시인 장옥관이, 낮고 비천하고 고통으로 얼룩진 '타자의 얼굴'이 나타나는 순간이야말로 '메시아'가 도래하는 참된 '에피파니'의 시간이며, 그들을 환대하고 영접하는 행위야말로 내가 참되고 거룩하고 신성한 존재가 되는 길이라고 설파한 레비나스의 윤리학을 온몸으로 받아들여 제 실존으로 살아내고 있다는 사실을 암시한다. 위 시편들에 나타난 "웃음의 탄력" "얼굴에 박힌 송곳 상처" "나 모르게 태어난 아이와 태어나지 못한 아이"는 그 말의 외면적 의미가 행사하는 관습적 압력에도 불구하고, 그 뒷면에서 다른 의미의 주름을 펼쳐낸다. 그것은 바로 타인의 잘못과 고통에 대한 우리들의 수용력이며, 그것을 제 것으로 받아들이지 못할 때 생겨나는 무의식의 생채기들, 그 '침묵의 공간'에서 소리 없이 울려나는 윤리적 부채감과 죄의식이다. 이번 시집에서 간간이 드러나는 '소극적 수용력'의 감성적 울림이나 '우아'의 미학적 질감들은 실상 시인의 몸에 배어 있는 윤리학적 사유로부터 움터난 것이 분명하다.

원초적 글쓰기, 시적인 것의 기원과 흔적의 사유

　거짓말할 때 코를 문지르는 사람이 있다 난생처음 키스를 하고 난 뒤 딸꾹질하는 여학생도 있다

　비언어적 누설이다

　겹겹 밀봉해도 새어나오는 김치 냄새처럼 숨기려야 숨길 수 없는 것, 몸이 흘리는 말이다

누이가 쑤셔박은 농짝 뒤 어둠, 이사할 때 끌려나온 무
명천에 핀 검붉은 꽃

몽정한 아들 팬티를 쪼그리고 앉아 손빨래하는 어머니
의 차가운 손등

개꼬리는 맹렬히 흔들리고 있다

핏물 노을 밭에서 흔들리는
수크령

내지가 흘리는 비언어적 누설이다

—「붉은 꽃」 전문

데리다는 모든 종류의 언어 안에 이미 기입되어 있는 어떤
'문자적 표기', 곧 '모든 언어의 가능 조건으로 그 언어 안
에 작동하는 표기의 궤적'을 '원초적 글쓰기archi-écriture'
라고 불렀다.(『그라마톨로지』) 따라서 그것은 '모든 나타남
의 최초 조건'인 동시에 세계의 그 모든 '시공간적 분기의
운동'을 담지하고 표현하려는 벡터를 품은 말이기도 하다.
두 번이나 반복된 "비언어적 누설이다"라는 말은, '원초적
글쓰기'에 육박하는 힘과 주름과 울림을 한꺼번에 쓸어안는

다. 그것은 "거짓말할 때 코를 문지르는 사람"과 "난생처음 키스를 하고 난 뒤 딸꾹질하는 여학생"의 몸짓 그 자체가 드러내는 '표기의 궤적'이자, "겹겹 밀봉해도 새어나오는 김치 냄새처럼 숨기려야 숨길 수 없는 것", 곧 "몸이 흘리는 말"이기 때문이다. 나아가 "누이가 쑤셔박은 농짝 뒤 어둠, 이사할 때 끌려나온 무명천에 핀 검붉은 꽃"이나 "몽정한 아들 팬티를 쪼그리고 앉아 손빨래하는 어머니의 차가운 손등"이라는 이미지 역시 어떤 사건적 표지의 뒷면, 그 기원의 자리에서 살아 꿈틀거리는 '원초적 글쓰기'를 현시한다.

시인은 이러한 '원초적 글쓰기'를 비단 제 주변의 가족이나 사람들의 '몸짓 언어'와 그 흔적들에서만 찾지 않는다. 오히려 "맹렬히 흔들리고 있"는 "개꼬리"나 "핏물 노을 밭에서 흔들리는" 마치 강아지풀처럼 생긴 "수크령"이라는 자연 사물에서도 그것에 아로새겨진 '시공간적 분기의 운동', 그 움직임의 궤적 전체를 발견해낸다. 끝자리에 움터난 "대지가 흘리는 비언어적 누설이다"는 이 운동의 리듬 전체를 농축시킨다. 그것은 결국, '몸들의 세계' 그 마디마디에서 일렁이는 '시공간적 분기의 운동'으로서의 '원초적 글쓰기'를 압축한 가장 순도 높은 감각의 비늘이기 때문이다. 따라서 시집 곳곳에서 이와 유사한 이미지들이 돋아나는 것은 매우 자연스런 발생 경로를 품는다. 다음과 같은 '원초적 글쓰기'의 편린들을 보라.

혀가 놀라며 혀를 씹으며
솟구치는 말들 애써 틀어막으며
그래도 기어코 나오려는
말들 또 비틀어 쏟아낸다
혀가 가둬놓았던 말들, 저수지에 갇혀 있던
말들이 치밀어올라
방류된다 평생 되새김질만 하던 혀는
갇혀 있던 말들을 들개들이 쏘다니는
초원에 풀어놓는다

—「혀」부분

공중은 어디서부터 공중인가
경계는 목을 최대치로 젖히는 순간 그어진다 실은 어둠
이다 캄캄한 곳이다

나 없었고 나 없을 가없는 시간
빛이여, 기쁨이여

태양이 공중을 채우는 순간만이 생이 아니다
짧음이여, 빛의 빛이여

그러므로 이 빛은 幻, 환이 늘 공중을 채우고 있는 것
이다

그러나 몸 아파 자리에 누워보니

누운 자리가 바로 공중이었다 죽음이 평등하듯 어둠이
평등이었다

—「공중」 부분

맨몸의 보름달을 어루만지며 여자가 말했다 당신이 원
한다면 난 다 벗을 수 있어 하지만 벗는다는 말은 머리가
하는 말 몸은 그냥 벗는다 적나라하게 벗는다

아기 낳을 때 속옷 벗듯이 사랑 나눌 때 반지 빼고 목걸
이 풀듯이 교복 입은 아이들 뛰어내릴 때 구두를 벗어두
듯 생이 생을 마주할 땐 몸이 말을 벗는다

—「벗을 수 있다는 말」 부분

그러나 제아무리 비슷하게 꾸며도 그것은

쓸모에서 벗어난 것

있기는 있지만 쓸모가 없다는 점에서 내가 지금 쓰고 있
는 시를 닮았다

뾰로통하게 토라진 사춘기 소녀 입술같이 튀어나온 꼭
지 건드렸더니 물살이 인다

못물을 미끄러지는 물뱀처럼 간지러움이 온몸에 번진다

내 몸에 꽃 핀다

이 물살은 꽃의 간지러움, 몸의 마려움이 피워낸 꽃

딱딱한 돌이 표정 짓는 걸 보지 못했으니 손길 닿으면
웃음을 짓는다, 모든 살아 있는 것들은
말이 닿으면 눈뜨는 사물처럼
지금 시가 피어오른다, 내 젖꼭지 위에서
　　　　　　　　　　　　　　　　　　—「꽃눈처럼」부분

「혀」에 나타난 "말"은 특정한 방식으로 구획된 음성적 분절 체계와 통사적 결속 구조로 이루어진 인간의 언어를 뜻하지 않는다. 그것은 "저수지에 갇혀 있던" 것이자 "평생 되새김질만 하던" 소의 "혀"에 "갇혀 있던" 것이기에, 인간의 언어와 문화적 상징체계를 멀찌감치 뛰어넘는다. 그것은 음성과 음성 언어, 그리고 모든 종류의 언어 안에 이미 들어와 있는 어떤 '문자적 표기'를 의미한다. 이는 「공중」에서도 그대로 나타난다. 물론 이 시편은 "그러나 몸 아파 자리에 누워보니/ 누운 자리가 바로 공중이었다 죽음이 평등이듯 어둠이 평등이었다"라는 구절로 표상되는 "죽음"과 "공"의 사유, 허무주의와 존재론적 사유를 휘감고 있다.

　그러나 "경계는 목을 최대치로 젖히는 순간 그어진다"라는 문양은 "죽음을 향한 존재를 앞질러 달려가보는 결단성이 본래적 실존에로 데려온다"(『존재와 시간』, 이기상 옮김, 까치. 1998)라는 하이데거의 존재론적 사유를 뛰어넘어 "죽음"을 모든 사건이 나타나는 '시공간적 분기의 운동'인 것처럼 담담하게 받아들이려는 시인의 내면적 싸움을 소리 없이 드러낸다. 어쩌면 모든 사물과 생명이 태어나고 죽는 그 사건적 표기와 흔적야말로 '원초적 글쓰기'라는 말에 담긴 육체적 질감의 핵심인지도 모른다. 이 맥락 전체를 시인은 "공중으로 바람이 불어오고 구름이 지나간다// 빛이 환이듯 구름도 환./ 부딪칠 것 없이는 저를 드러낼 수 없는/ 바람만 채우는 곳/ 환의 공중이다"라는 아름다운 풍경의 비늘들로 새겨넣는다.

「벗을 수 있다는 말」과 「꽃눈처럼」에 나타난 "말"과 "시" 역시 이와 동일한 이미지 생성 원리에서 빚어진 것이 분명해 보인다. "생이 생을 마주할 땐 몸이 말을 벗는다"라는 구절은 겉에 드러난 것처럼, "말을 벗는" 어떤 침묵의 상황, 곧 침묵을 강요하는 어떤 결정적 생의 순간들과의 부딪침을 가리키지 않는다. 오히려 인간의 "말"로는 따라잡을 수 없는 그 사건들의 한가운데 이미 깃들어 있었던 어떤 '문자적 표기' '원초적 글쓰기'를 보이지 않는 뒷면에서 현현시킨다. "말이 닿으면 눈뜨는 사물처럼/ 지금 시가 피어오른다"라는 문양 역시 하나의 예술작품으로서의 "시"가 태어나는 과정을 비유하지 않는다. 차라리 '시적인 것'이 태어나는 자리마

111

다 "내 몸"에서 피어나는 "꽃" 같은, 아니, "몸의 마려움이 피워낸 꽃"일 수밖에 없을 '시공간적 분기의 운동'으로서의 '원초적 글쓰기'가 가로지르고 있다는 사실을 현시한다. 여기서 빚어진 "시"는 "움트다 뒤통수 맞은 지난봄의 꽃눈 같"은 것이자, "뽀로통하게 토라진 사춘기 소녀 입술같"은 것이며, "못물을 미끄러지는 물뱀처럼 간지러운" 것이자, "몸의 마려움이 피워낸 꽃" 같은 것이기 때문이다.

「꽃눈처럼」에 나타난 "있기는 있지만 쓸모가 없다는 점에서 내가 지금 쓰고 있는 시를 닮았다"라는 문장은, 다른 한편으로 시쓰기에 대한 시인의 자의식을 드러낸다. 이 자의식은 시집에 듬성듬성 들어박힌 "한 자 한 자 철필로 베끼며 책 속에 생애를 빠뜨리는 검은 옷의 수사(修士)들, 배고프면 먹을 일이지 흰 종이에 [포도주, 고기, 빵]이라고 써넣고는 그 종이를 먹는 한심한 영혼이 보도블록에 찍힌 검은 방점을 헤아려보고 있다"(「파리떼」), "쓸모만 쓸모 있는 이 땅에 시인은/ 쓸모없는 무명지" "무용(無用)의 무명지로 꾹꾹 눌러 쓰는 시/ 죽은 몸에 지금 돋는다/ 눈엽(嫩葉)으로 눈뜨는 초록의 시"(「단지(斷指)」) 같은 문양들로 나타나지만, 시인의 예술적 사유의 매듭들이 서로 얽혀 있는 자리를 가늠케 해주는 사유의 깊이와 육체적 질감을 머금고 있다.

시인의 예술적 사유는 어쩌면 "배고프면 먹을 일이지 흰 종이에 [포도주, 고기, 빵]이라고 써넣고는 그 종이를 먹는 한심한 영혼이 보도블록에 찍힌 검은 방점을 헤아려보고 있다" "무용(無用)의 무명지로 꾹꾹 눌러 쓰는 시/ 죽은 몸에 지금 돋는다/ 눈엽(嫩葉)으로 눈뜨는 초록의 시" 같은 무늬들에 이미 축약되어 있는 것인지도 모른다. 그것은 우리가 말해온 '몸들의 얼크러짐'이나 '고통의 살갗', 그리고 '타자의 얼굴'과 '원초적 글쓰기'를 모두 껴안고 있는 것일 뿐만 아니라, 바로 그 자리에서 "시"의 존재 가치를 거듭 되묻게 만든다. 나아가 시인이 제 처지와 운명을 "어물전 좌판 거뒤진 자리"에 "새까맣게 달라붙어 있"는 "왕파리떼"에 비유하는 것이나, "시인"을 "쓸모없는 무명지"라고 명명하는 것은 '고통의 살갗'과 '타자의 얼굴'이라는 윤리학적 사유에 가닿는다. 나아가 "한 자 한 자 철필로 베끼며 책 속에 생애를 빠뜨리는 검은 옷의 수사(修士)들" "보도블록에 찍힌 검은 방점" "무용(無用)의 무명지로 꾹꾹 눌러 쓰는 시" "눈엽(嫩葉)으로 눈뜨는 초록의 시" 같은 구절들은 '몸들의 세계'가 '세계의 몸들'과 함께 얼크러져 이루어내는 '시공간적 분기의 운동' '원초적 글쓰기'에 대한 시인의 직관적 통찰로부터 비롯된 것이 분명하다.

장옥관의 이번 시집 『그 겨울 나는 북벽에서 살았다』는 서정주로부터 기원하는 몸들의 얼크러짐의 세계, 그 에로스의 미감들을 '고통의 윤리학'이라는 새로운 문제틀과 접목시킴으로써, 흔히 '몸의 시학'으로 일컬어졌던 한국시의 가장 유력한 예술적 매듭을 다른 차원으로 도약시킨다. 그것은 또한 시인이 제 실존으로 받아낸 '목숨을 건 도약'이었을

113

것이 틀림없다. 그가 새롭게 도입한 '타자의 얼굴'과 '고통의 윤리학'은 2000년대 한국시의 주류를 이루었던 아방가르드적 형식 실험과 분열적 주체와 익명적 타자가, 아니, 그 '예술적 짜임' 전체가 어디를 향해 진화해야만 하는지를 알려주고 있는지도 모른다. 그리하여, 우리는 이 시집이 한국시의 새로운 미학과 윤리학을 함께 낳는 드넓은 터전이 되기를 소망한다. "기적"이라는 저 기묘한 타자의 은총처럼.

　　대지에서 피어나는 흰 나리처럼
　　내가 네게서 피어날 적에, 네게서 내가 피는 것이 아니
　라 네가 내게서 피어오르는
　　기적을 만나느니
　　가지 꺾고 뿌리까지 파봐도
　　꽃잎 한 장 없는 나무에 봄마다 환장하게 매달리는
　　저 꽃들, 꽃들

　　　　　　　　　　　　—「네가 내게서 피어날 적에」 부분

장옥관 1955년 경북 선산에서 태어나 대구에서 성장했다. 1987년 『세계의문학』으로 등단했으며 시집으로 『황금 연못』『바퀴소리를 듣는다』『하늘 우물』『달과 뱀과 짧은 이야기』가 있고, 동시집 『내 배꼽을 만져보았다』가 있다. 김달진문학상, 일연문학상, 노작문학상 등을 수상했다. 현재 계명대학교 문예창작과 교수로 재직중이다.

문학동네시인선 036
그 겨울 나는 북벽에서 살았다
ⓒ 장옥관 2013

1판 1쇄 2013년 3월 13일
1판 3쇄 2018년 10월 8일

지은이 | 장옥관
펴낸이 | 염현숙
책임편집 | 김필균
편집 | 김민정 강윤정 김형균 유성원
디자인 | 수류산방(樹流山房)
본문 디자인 | 유현아
마케팅 | 정민호 박보람 나해진 우상욱
홍보 | 김희숙 김상만 이천희
제작 | 강신은 김동욱 임현식
제작처 | 영신사

펴낸곳 | (주)문학동네
출판등록 | 1993년 10월 22일 제406-2003-000045호
주소 | 10881 경기도 파주시 회동길 210
전자우편 | editor@munhak.com
대표전화 | 031) 955-8888 팩스 | 031) 955-8855
문의전화 | 031) 955-3576(마케팅), 031) 955-2678(편집)
문학동네카페 | http://cafe.naver.com/mhdn
북클럽문학동네 | http://bookclubmunhak.com

ISBN 978-89-546-2072-7 03810
값 | 8,000원

www.munhak.com

문학동네